TUCAN

Vampiros en el Castillo Colmillos

Erich Ballinger

Vampiros en el Castillo Colmillos

edebé

Titulo original: *Vampire auf Schloss Zahnfleisch*

Paseo de San Juan Bosco, 62
08017 Barcelona
www.edebe.com

Directora de la colección: Reina Duarte
Diseño gráfico de cubierta: César Farrés
Ilustraciones: Anthony Garner
Traducción: Elisabeth Adell Winkler

7.ª edición

ISBN 978-84-236-7563-0
Depósito Legal: B. 23888-2011
Impreso en España
Printed in Spain
EGS - Rosario, 2 - Barcelona

Índice

1
El murciélago que se relamía continuamente

El primer capítulo se titula «El murciélago que se relamía continuamente», aunque también se podría titular «El Ogro hizo rechinar los dientes» o simplemente «El Castillo Colmillos y su entorno». Pero se titula como se titula. En este capítulo aparecen los personajes protagonistas junto a los ingredientes terroríficos típicos de todas las historias de vampiros: un carruaje negro, una tormenta nocturna, una cartera misteriosa, una ristra de ajos, un castillo en ruinas, una sartén, etc. Debido a la tormenta, esta vez, se ha tenido que prescindir de la habitual luna llena, que aparecerá en otro capítulo.

9

En el rincón más escondido de Transilvania era de noche y hacía tan mal tiempo que no echarías de casa ni a un perro, ni a un lobo, ni tan siquiera a un ogro. La tormenta doblaba y destrozaba los árboles y el aguacero caía brutalmente sobre los charcos que se habían ido formando. Rugían los truenos y los relámpagos centelleantes iluminaban el desolado paraje.

Un carruaje atravesaba a duras penas la tempestad. Los dos jamelgos llevaban la cabeza gacha y avanzaban cansados por el camino. A cada bache (y la calzada estaba llena de ellos), el carruaje se balanceaba de un lado a otro y amenazaba con volcarse. El conductor llevaba el cuello de su abrigo levantado, el sombrero calado hasta las cejas, y dormía. A pesar de que el agua le caía a chorros del alerón de su sombrero al cuello y del cuello a las mangas y perneras del pantalón, él continuaba durmiendo impasible. Hasta emitía pequeños ronquidos. Sólo de vez en cuando, si un trueno o un bache lo merecían, se despertaba asustado y gruñía: «¡Sooo!» Luego volvía a dormirse al instante.

Los que no podían dormir eran los viajeros que iban dentro. Tenían demasiado trabajo intentando mantenerse más o menos en sus respectivos asientos. Vivían una experiencia semejante a la de encontrarse en el interior de una batidora.

Uno de los viajeros era Franziska, una joven damisela de casa bien. Franziska dijo:

—Papá, creo que voy a vomitar.

—*¡Mon Dieu!* —respondió una dama un poco mayor que Franziska y que estaba sentada junto a ella—. ¡No debes usar el término «vomitar», *ma chére!* No suena nada bien.

Se trataba de la institutriz de Franziska. Una institutriz como Dios manda. Su misión era enseñarles buenos modales a las jovencitas, iniciarlas en piano y lenguas extranjeras, y mantenerlas alejadas de actividades como montar en bicicleta o enamorarse. A *mademoiselle* Chicbinié no le gustaba jugar a ser educadora de nadie; en realidad, prefería jugar al tenis.

—Pero *mademoiselle* —dijo Franziska—, ¿qué puedo decir si tengo ganas de vom...?

¡BROOUUMM!

La rueda trasera izquierda de la diligencia dio una tremenda sacudida al meterse en un bache. Franziska salió disparada hacia su institutriz y aplastó a la pobre contra la pared del carruaje, con tal fuerza que crujió la madera.

—¡Perdón! —dijo Franziska.

—¡No te preocupes! —gimió la institutriz y prosiguió—: Las damas bien educadas se encuentran indispuestas. También queda muy *chic* decir un «¡Oh!» que apenas se oiga y desmayarse con elegancia. Bajo ningún concepto está permitido tener ganas de vom...

¡BROOUUMM!

Ahora era la rueda trasera derecha la que se había metido en un bache. La institutriz aterrizó sobre Franziska y le dio un fuerte empujón contra la puerta del carruaje. Por suerte estaba cerrada con cerrojo.

—¡*Pardon!* —dijo la institutriz.

—¡No te preocupes! —gimió Franziska.

Poco después, *mademoiselle* Chicbinié decía en voz baja para sí misma:

—¡*Sacrebleu*, creo que voy a vomitar!

Frente a las damas iba sentado el padre de Franziska: don Wilhelm Blünzli, fabricante de productos cárnicos y embutidos. A él los baches no le suponían ningún problema, pues estaba bien entrado en carnes. Con los baches, le temblaba la papada, su barriga brincaba como si fuera de goma y la cadena de oro de su reloj, bien ceñida a su barriga, amenazaba con romperse. Incluso los más profundos cráteres de la carretera no conseguían tumbar a esa masa viva de 115 kilos.

Don Blünzli dijo:

—Si las damas pudieran esperarse un poco más con las ganas de vomitar, perdón, quiero decir con su indisposición, no puede faltar mucho para la próxima parada.

Sacó su reloj, miró la hora y, moviendo despectivamente la cabeza, se quejó enojado de que ya tendrían que haber llegado hacía rato y que en Transilvania uno no podía fiarse de los horarios de viaje.

¡BROOUUMM! ¡BROOUUMM!

Esta vez la rueda delantera derecha y la rueda trasera izquierda fueron las que atravesaron un bache. *Mademoiselle* Chicbinié voló directa hacia don Blünzli. El aterrizaje fue en blando.

—*¡Pardón!* —dijo la institutriz.

—¡No se preocupe! —gruñó don Blünzli.

Junto a don Blünzli estaba repanchigado

un hombre grande y flaco. Tampoco él tenía problemas con los baches. Utilizaba sus largas piernas para apuntalar su cuerpo en la esquina del asiento. Tenía apoyada una pierna contra el marco de la ventana; la otra la apretaba en el asiento de enfrente. No era lo que se dice una postura decorosa, especialmente encontrándose con dos damas en el carruaje, pero le ayudaba a no moverse demasiado. Cuando los baches eran profundos, lo único que se movía era la ristra de ajos que colgaba de la comisura de sus labios. El hombre llevaba botas de vaquero, iba vestido de negro y el ala ancha de su sombrero le ensombrecía la cara. Hasta el momento no había tomado parte en la conversación. Tan sólo miraba por la ventana, inmutable y fijamente, hacia la noche lúgubre.

A sus acompañantes les hubiera gustado saber quién era y qué le llevaba a esas tierras dejadas de la mano de Dios, pero nadie se había atrevido a preguntárselo. Él se mantenía reservado e inaccesible.

¡BROOUMM! ¡BROOUMM!

Esta vez fueron la rueda delantera izquierda y la rueda trasera derecha. Franziska atravesó en diagonal el carruaje, en dirección al desconocido. Pero antes de que chocase contra el huesudo esqueleto, lo que con toda seguridad le hubiera provocado unos cuantos moratones, el hombre la cazó al vuelo.

—¡Perdón! —dijo Franziska.

—¡No se preocupe! —respondió el flaco con voz ronca.

Franziska, una vez roto el hielo, preguntó:

—¿Está en viaje de negocios como mi padre?

—*Ma chére* —interrumpió la institutriz—. No es correcto que una joven y educada damisela entable conversación con un caballero desconocido al que no ha sido presentada.

El desconocido se quitó el sombrero, quedando al descubierto una cara afilada y pálida, con ojos penetrantes.

—Me llamo Tom Tex —dijo, y añadió tras una pausa—: También se me conoce como el Estacador.

Una de las tareas de toda institutriz es hacer las presentaciones. Ella podía desear cosas más placenteras (como por ejemplo: jugar al tenis), pero aun así desempeñó su función a la perfección.

Sucedió de esta manera:

INSTITUTRIZ (dirigiéndose a Franziska y señalando a Tom Tex): Me permito presentarle a Tom Tex, conocido como el Estacador.

FRANZISKA: ¡Mucho gusto!

INSTITUTRIZ (dirigiéndose a Tom Tex y señalando a Franziska): Me permito presentarle a la señorita Franziska Blünzli.

TOM TEX: ¡Mucho gusto!

INSTITUTRIZ (dirigiéndose a Tom Tex y señalando a Blünzli): Me permito presentarle a don Wilhelm Blünzli.

BLÜNZLI (añadiendo): Productos cárnicos y embutidos.

TOM TEX: ¡Mucho gusto!

INSTITUTRIZ (dirigiéndose a Tom Tex y señalándose a sí misma): Me permito presentarle a *mademoiselle* Dominique Chicbinié, institutriz.

TOM TEX: ¡Mucho gusto!

INSTITUTRIZ (dirigiéndose a sí misma, señalando a Tom Tex y tomando aire): Me permito presentarle a Tom Tex, también conocido como el Estacador.

Entonces la institutriz aún añadió:

—*¡Enchantée, Monsieur!*

Y se dejó caer agotada en su asiento. En aquella época las presentaciones eran una situación sumamente estresante.

El Estacador se caló el sombrero hasta las cejas y volvió a mirar fijamente por la ventana.

Antes de que se rompiera el último hilo de la conversación, don Blünzli preguntó:

—¿Estacador? ¿Su viaje de negocios tiene que ver con empalizadas o construcciones lacustres?

A don Blünzli siempre le interesaron los negocios.

Al Estacador se le escapó una risa seca.

—Bueno, no exactamente. Digámoslo así: he venido a esta zona a solucionar un problema. Los detalles no son apropiados para los oídos de una joven dama.

Franziska protestó:

—¡No me salga con ésas! Los negocios de papá tampoco son demasiado finos. Si supiera todo lo que tengo que oír acerca del transporte del ganado o de los métodos de despiece. Estoy acostumbrada a según qué cosas. ¡Venga, cuéntenos!

—De acuerdo —respondió el Estacador—. Pero después no me diga que no se lo advertí.

Tras una pausa expectante, Tom Tex dijo:

—Soy cazador de vampiros.

Su frase fue acompañada por un trueno brutal y el relámpago que le siguió iluminó las caras lívidas de espanto de todos los pasajeros, los cuales en ese instante contemplaban un gran murciélago que cruzó junto al carruaje.

El Estacador prosiguió sin inmutarse:

—También tienen que saber que los vampiros, esas bestias asquerosas que muerden la yugular y le chupan la sangre a la gente, son muy difíciles de matar. Hay que clavarles una estaca de encina impregnada de agua bendita en el corazón, después cortarles el cuello con una cuchilla de plata, rellenar todos los orificios de la cabeza con dientes de ajo, enterrar el cuerpo en un cruce de caminos una noche de luna llena, y un largo etcétera. No quisiera aburrirles con detalles escabrosos. Ya lo ven, un asunto repugnante y muy lejos de ser algo agradable. Por cada cabeza de vampiro, la AEV (Asociación para la Exterminación de Vampiros) paga una prima más dietas.

El Estacador se pasó la ristra de ajos de la comisura izquierda a la derecha y se quedó callado. Los demás también guardaron silencio.

Después de un rato, Franziska señaló un maletín de piel negra abombado que estaba junto al Estacador.

—¿Y en ese maletín, tiene una de... de... esas cabezas de vampiro rellenas de ajos?

—Todavía no, joven dama, todavía no —le contestó furioso golpeando la cartera.

Se oyó el entrechocar de unas estacas de madera.

—¿Quiere usted decir que por estos parajes podría haber un vampiro? —añadió preocupado don Blünzli.

—¿Uno? ¿Ha dicho usted uno?

El Estacador se rió amarga y desesperadamente.

¡BROOUUMM! ¡CRASH!

La rueda delantera derecha se metió en

un bache de medio metro de profundidad, y se rompió. El carruaje frenó en seco.

El cochero salió disparado, se despertó durante unos segundos, y gritó «¡Sooo!» mientras aterrizaba en el lomo de uno de los caballos, donde se volvió a quedar dormido al instante. Ahora ya no roncaba.

El frenazo del coche fue tan brusco que esta vez también los caballeros fueron desplazados de sus asientos, junto al equipaje, al suelo del carruaje, donde se formó un rebujo con todos ellos. La diligencia volcó y la portezuela, de la que había saltado el cerrojo, se abrió. Y un caos de manos, pies, cabezas, maletas, bolsos, raquetas de tenis, cajas de sombreros, salchichas, patés, jamones, tocino y otras muestras de la fábrica de productos cárnicos y embutidos de don Blünzli se deslizaron lentamente fuera del carruaje y se hundieron en el lodo de la cuneta.

La institutriz murmuró un «¡Perdón!», al

que nadie respondió con un educado: «No se preocupe».

Un gran murciélago se alejó volando mientras se reía con malicia.

El enredo de la cuneta tardó un buen rato en deshacerse.

Franziska estornudó. La institutriz dijo «¡Salud!», mientras don Blünzli intentaba limpiarse el barro de la cara y Tom Tex buscaba una de sus botas perdidas.

Empapados, embarrados y totalmente desconcertados se quedaron de pie junto al carruaje volcado. El cochero era el único que estaba acostado a lomos de su caballo, como si no le importara nada de lo que pasara, y seguía durmiendo. Llovía a cántaros.

—*Sacrebleu* —maldijo *mademoiselle* Chicbinié y ahuyentó un sapo de su cabello (imposible describirlo como peinado)—. No es decente dejarnos aquí plantados bajo la lluvia. Necesitamos un techo, un baño de vapor y una taza de té bien caliente.

En ese instante, varios relámpagos iluminaron el páramo. No muy lejos de allí se erguía, como un colmillo afilado en una quijada desdentada, un castillo medio en ruinas en la noche trémula.

—¡In... increíble! —tartamudeó el Estacador mientras señalaba amenazante la ruina—. ¡¡¡Es... el... Castillo... Colmillos!!!

Se apagaron los relámpagos, y la oscuridad y la lluvia envolvieron de nuevo a los viajeros.

Sin inmutarse, la institutriz respondió:

—¿Y qué? Desde luego que el nombre es un poco curioso y que el castillo está medio en ruinas, pero seguro que tendrá un rincón seco, una bañera y alguna bebida caliente. *Mon ami,* si nos quedamos aquí parados bajo esta tormenta, nos buscamos la muerte segura.

—*Mademoiselle* —gruñó el Estacador, para hacerse oír más allá del ensordecedor trueno—. ¡Usted no sabe de lo que está hablando! ¡En los círculos de cazadores de vampiros corre el rumor de que el Castillo Colmillos es el escondite de una de las bandas de vampiros más sanguinarias que existen!

—No es motivo para chillarle a una dama —respondió algo picada la institutriz mientras recogía sus raquetas de tenis, llenas de barro, de la cuneta.

—No se haga usted el importante con sus vampiros —añadió Franziska—. ¡Además yo no creo en esas pamplinas!

Y entonces concluyó, con un chillido:

—¡No soporto más esta mierda de tiempo!

Don Blünzli, mientras limpiaba un salami que se había llenado de barro, observó pensativo:

—Bueno, yo, en realidad, aprecio a la gente a la que le apetece morder carne y le gusta la sangre. Debido a motivos comerciales, ya me entiende. Yo también creo que debemos pasar la noche en el castillo.

El Estacador se dio por vencido. Encogiéndose de hombros, opinó:

—No tengo nada en contra. Yo estoy acostumbrado a esas bestias. Pero después, que nadie diga que no se lo advertí.

Y añadió para sí mismo: «¡Si es que existe un después!»

Lo más difícil fue despertar al cochero. Lo bajaron del caballo y lo apoyaron en el coche. Continuó durmiendo de pie. Ni las sacudidas, ni los empujones, ni las cosquillas surtieron efecto. El cochero sonreía en sueños. Le pusieron un despertador en la oreja. Y el cochero empezó a roncar fuerte. Sólo cuando le dieron a oler una botella de ron, abrió los ojos, dijo «¡Soo!», y echó un gran trago.

En su seguramente corta fase de vigilia le hicieron desenganchar los caballos y cargarlos con el equipaje. Mientras, el Estacador pudo encender una antorcha. Casi no iluminaba, pero echaba mucho humo.

Acompañados de truenos estruendosos y relámpagos espasmódicos, regados por cantidades industriales de agua e iluminados por la tenue luz de la antorcha humeante, el desamparado grupo avanzaba torpemente por la oscuridad, hundidos hasta las rodillas en el lodo. Todos tenían malos presentimientos. Menos el cochero. Éste caminaba dormido. Los relámpagos iban iluminando la meta del pequeño grupo: el Castillo Colmillos plagado de vampiros.

A gran altura volaba un murciélago que se relamía continuamente.

No muy lejos de allí, un hombre bajito también peleaba con el mal tiempo. Se había atado el sombrero a la cabeza con un pañuelo. Iba agarrado con las dos manos a un paraguas, del que no quedaba gran cosa: el mango y un par de varillas torcidas de las que colgaban algunos trozos de tela que ondeaban en la tempestad. Pero se agarraba a él como un náufrago al mástil quebrado.

El hombre tropezaba constantemente y caía cada dos por tres en charcos de lodo. Parecía estar muy cansado y apenas podía mantenerse en pie. Además, el camino se había convertido en intransitable, no sólo para los carruajes sino también para los peatones. Una *zodiac* hubiera sido el vehículo más adecuado. El pobre apenas veía nada aunque llevaba unas gafas con cristales muy gruesos. Parecían unos prismáticos adaptados sobre la nariz. Sus anteojos estaban manchados de lodo y agua, y eso provocó que chocara con algo.

—Perdón —se excusó antes de darse cuenta de que estaba disculpándose ante una diligencia volcada.

Cabeceando rodeó el artefacto, cuando un relámpago convirtió la noche en día. La energía de 125 kilovatios dio suficiente luz como para que incluso un ciego pudiera distinguir la silueta puntiaguda del Castillo Colmillos.

—¡Ajá! —exclamó el hombre.

Se colocó bien las gafas, se agarró con más fuerza al mango del paraguas y avanzó a trompicones en dirección al castillo.

Furioso murmuraba:

—Espera, ya verás… Te voy a pillar muy pronto…

En la falda de la montaña sobre la que se erguía el Castillo Colmillos, se escondía un pequeño pueblecito. La taberna se hallaba a reventar. Los aldeanos y los campesinos del entorno estaban sentados apretujados, sobre los bancos del local. El que no había encontrado sitio para sentarse estaba agachado bajo las ristras de ajos que colgaban del techo, ennegrecido por el hollín.

Nadie decía nada, así que reinaba un silencio sepulcral. Nadie se movía, pues no había suficiente sitio para hacerlo. Sólo se escuchaban el tictac del reloj de péndulo y el hip-hip de Willi el Borracho.

—¡Silencio! —rugió una mujer alta y obesa, a la vez que dejaba caer una sartén sobre la mesa, lo que hizo saltar por los aires varios vasos que había encima.

Del susto, Willi dejó de hipar; aunque el reloj de péndulo siguió con su tictac.

La mujer de la sartén era la cocinera del cura. Miró enojada al reloj y después se dirigió a los reunidos.

—¡Aldeanas y aldeanos! ¡Campesinas y campesinos! Nos hemos reunido hoy aquí para derrotar de una vez por todas el Mal. El Mal que desde hace siglos nos chupa nuestra noble fuerza de cuerpo y alma; el Mal que se mantiene al acecho en el maldito lodazal del vicio de allá arriba. Por fin, ha llegado su última hora.

A través de la ventana señalaba acusadora el Castillo Colmillos, que justo en ese momento lucía iluminado por un relámpago centelleante. Se produjo un murmullo de aprobación en la taberna.

Otro golpe de sartén hizo callar a la concurrencia. La cocinera del cura prosiguió:

—Ha llegado el momento de actuar. No debemos tardar más en defendernos de ese engendro de vampiro degenerado, ni en exterminarlo y ahuyentarlo para siempre del castillo y de esta tierra.

Aplausos atronadores, murmullo afirmativo *in crescendo* y gritos de bravo acompañaron sus palabras.

Un gendarme enclenque se subió al banco e intentó acallar a la gente con una vocecita débil:

—¡Pero, por favor, eso no es así! Según el párrafo trece de la ordenanza, el alzarse más de dos o tres personas con fines incendiarios o el tomarse la justicia por su mano está prohibido y…

No pudo seguir. Las risas, abucheos y silbidos se lo impidieron. La cocinera hizo bajar al gendarme del banco y lo metió debajo de la mesa.

Ni el mismo gendarme se tomaba demasiado en serio la ordenanza, pero no tenía ningunas ganas de pasarse toda la noche a la intemperie con aquel mal tiempo. Además, sólo de pensar en aquel castillo le entraba un pánico atroz.

El ambiente en la taberna se fue calentando.

Un hombre esquelético y enjuto gritó:

—¡Hay que mantener el orden! Como sepulturero lo sé bien. Los vampiros están muertos y…

—Muertos, no —le interrumpió el tabernero.

—Muertos o no muertos —siguió el sepulturero—, el resultado es el mismo. Como enterrador soy especialista en ello. O sea: los vampiros están muertos. A los muertos se les pone en un ataúd. Los ataúdes se colocan en la tumba. Y las tumbas se cubren con tierra. Y si estos muertos, o no muertos, si preferís decirlo así, no quieren quedarse en sus ataúdes, hay que clavarlos con grandes estacas. Ésa es mi opinión como sepulturero. ¡Hay que mantener el orden!

Todo fueron aclamaciones y gritos a favor.

Con potente voz intervino el maestro:

—Sí, yo también opino que para la protección tradicional de nuestros jóvenes...

Su discurso quedó silenciado por el alboroto. Sus charlas eran demasiado largas y poco apreciadas.

—¡Abajo los vampiros! ¡Subamos al castillo! ¡Fumiguémoslos! ¡Reduzcámoslos a cenizas! —resonaba por la sala.

Pero muy pronto nadie fue capaz ni de entender sus propias palabras.

—¡Silencio!

La cocinera golpeó de nuevo con la sartén en la mesa y los vasos bailaron.

En un santiamén se hizo el silencio.

—Todos estamos de acuerdo —concluyó la cocinera del cura—. ¡Ahora todo el mundo derechito a casa! Os armáis con ristras de ajos y objetos afilados. ¡No olvidéis las antorchas! El punto de encuentro será, en una hora, delante del ayuntamiento, para dirigirnos hacia al castillo. ¿Alguna pregunta? ¡Pues entonces se cierra la sesión!

La sartén salió disparada contra la mesa, y algunos vasos se rompieron en mil pedazos al estallar contra el suelo.

Con caras salvajemente decididas y con gritos de «Abajo los vampiros», todo el mundo se apiñó en la salida. El silencio volvió a la taberna. Se podían oír de nuevo el tictac del reloj de péndulo y el hipo de Willi el Borracho. Éste se echó un par de tragos de ron. El ron era lo mejor contra el hipo.

El gendarme se quedó escondido debajo de la mesa. Así tenía la esperanza de pasar desapercibido y evitar la desagradable marcha hacia el Castillo Colmillos.

Mientras los honrados aldeanos se preparaban para su excursión nocturna, por la carretera se movía una banda de asquerosos, repelentes y malvados vampiros sedientos de sangre acompañados por la tempestad, la lluvia, los truenos y los relámpagos.

Su cabecilla iba montado sobre un jamelgo medio descompuesto que, en lugar de brida, llevaba en su cabeza un armazón de metal oxidado muy parecido al manillar de una moto. Sobre éste resplandecía una bocina con fuelle de goma. El vampiro se llamaba Mordedor, pero incluso sus más íntimos compañeros de mordidas sólo se atrevían a llamarlo así cuando estaba de buen humor. La última vez fue hace dos años, por Todos los Santos. Desde entonces cada vez tenía peor humor.

El agua se deslizaba de su casco a las gafas de sol (que llevaba puestas por los relámpagos deslumbrantes) y goteaba por sus colmillos afilados. Su gastada cazadora, hecha de pieles de murciélago, se hinchaba con la tormenta. Un tiempo espléndido, el preferido de los vampiros. Aun así, su mal humor estaba a punto de empeorar.

—¡Alto! —gritó Mordedor con voz ronca, e hizo sonar el claxon.

Se sucedieron una serie de empujones y apretujones, pero finalmente el tenebroso tren de vampiros se quedó parado.

—¡Wanja! —gritó el cabecilla.

Wanja el Ogro se colocó junto a su amo antes de que éste acabase de decir su nombre. Jadeando, sumiso, preguntó:

—Ya estoy aquí, *boss*. ¿Qué quiere, *boss*?

—Mira a ver si seguimos todavía el rastro.

El Ogro hizo rechinar los dientes, hundió la barbilla en el suelo y, servicialmente, empezó a husmear la carretera.

Un latigazo pasó casi rozando a Wanja y se hundió en un charco.

—¿No puedes ir más rápido, Ogro? —rugió Mordedor.

—Ya, *boss*. Voy, *boss*. Es por la lluvia, *boss* —aullaba el Ogro, y miraba a su maestro con ojos amarillos y fieles.

—¡Bien hecho, *boss!* —gritó un vampiro de pelo verde que llevaba un escorpión vivo como pendiente—. Dale bien fuerte a esa bestia estúpida. Cada vez que estamos a punto de conseguir un bocado jugoso y lleno de sangre, pierde el rastro.

—¡Cierra el pico! —gruñó Mordedor.

El hocico de Wanja avanzaba por la carretera en zigzag.

Otra vez, el látigo silbó pasando a un milímetro del Ogro y cayó después en el lodo.

—¡Por allí, *boss,* por allí! —gimió Wanja—. Lo tengo. Siguiendo siempre la carretera, *boss*. En un cuarto de hora, habremos alcanzado la diligencia.

La banda de vampiros aulló ansiosa y la boca se les hizo agua.

El olfato de Wanja era una maravilla. No sólo podía descifrar la dirección, la edad y la cantidad de personas, sino que también especificaba el sexo, la fecha de nacimiento, la religión, el estado civil, la profesión, el diámetro del cuello y el grupo sanguíneo de las víctimas.

En el asiento trasero del jamelgo de Mordedor iba sentada Vampana, la atractiva novia del cabecilla. Su ajustado *top* brillante de cuero negro de rata dejaba apreciar los murciélagos que llevaba tatuados en brazos, barriga y cuello. Con el más ligero movimiento, la bella tintineaba con un sonido metálico. Sus joyas de plata: pulseras, tobilleras, collares, gargantillas, anillos y lentejuelas pesaban unos dos kilos.

Tintineaba porque le estaba haciendo cosquillas en la barbilla a Mordedor con sus largas uñas negras, y con voz sensual, le decía al oído:

—¿Me dejarás el gordo carnicero para mí, mi Mordisquito? ¡Parece tan jugoso!

Mordedor inspiró profundamente y, por un instante, pareció que iba a controlarse, pero entonces explotó:

—¡Por todos los vampiros de Transilvania! ¡No-me-vuelvas-a-llamar «Mordisquito»! ¡Y menos en público! Y a quién le toca quién o qué, lo sigo decidiendo yo. ¡No te metas donde no te llaman! ¡Yugular, diente y hematoma!

Eran palabras duras, incluso entre vampiros. Vampana intentó hacer morros, pero los colmillos sobresalientes no la dejaron.

—¡*Boss,* dame al gordo, *porfa!* Por lo menos, los dedos gordos de los pies. *Porfi,* tengo debilidad por los dedos gordos del pie, *boss*.

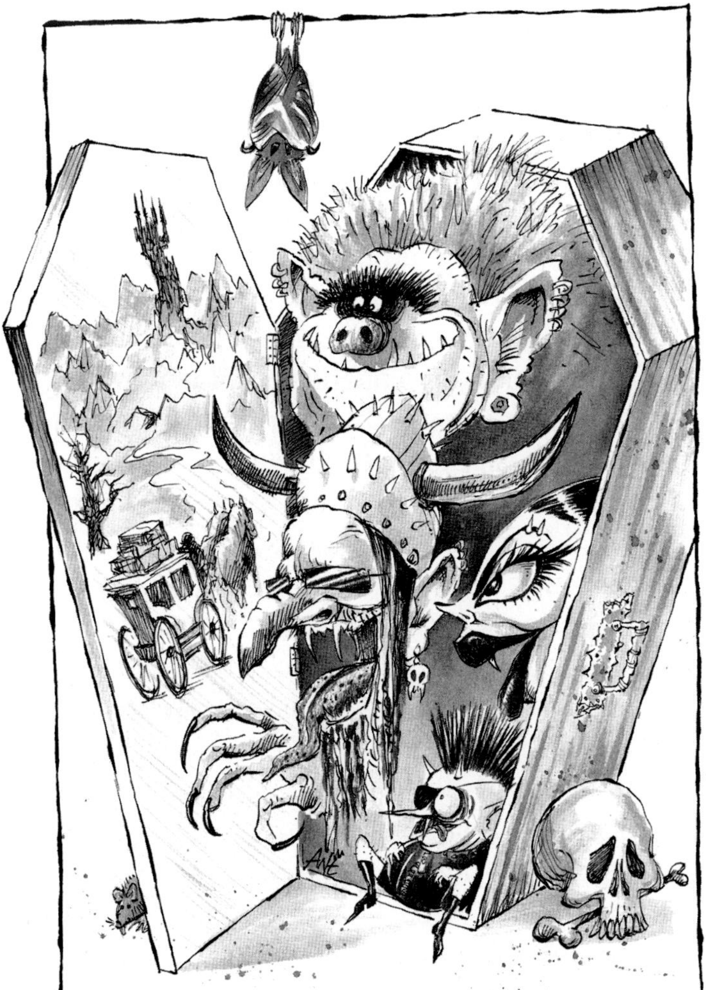

Mordedor miró hacia abajo, para ver de dónde venía esa voz chillona. Del estribo colgaba Enano Diente, que estaba besando la puntera de la bota embarrada de su jefe. Era pequeño y gordo, sólo tenía un ojo y un diente, siendo éste muy grande y afilado.

Mordedor agarró al enano por la nariz, lo alzó a la altura de sus ojos, y lo miró con cara de asco. Y así, como se tira una piel de plátano, despreocupadamente, lanzó al enano, que no dejaba de dar patadas en el aire, a la cuneta. El resto de la banda reía y aullaba.

El enano asomó la cabeza cubierta del lodo de la cuneta y dijo:

—¡Me ha encantado, *boss*! ¡Repítelo, *porfi!* ¡Vuélveme a tirar!

En la banda de Mordedor, Enano Diente era el chivo expiatorio. Siempre que alguien estaba de mal humor, el enano era el culpable y recibía los palos. Con el tiempo, se había acostumbrado tanto a los malos tratos, que le encantaba que le torturasen y pedía constantemente que lo maltrataran. En la banda de Mordedor no tenía que insistir demasiado.

El cabecilla tocó el claxon. Era la señal de partida. Con rugidos y aullidos la malvada banda de Mordedor se puso en marcha. El lodo lo salpicó todo y la terrible banda corrió veloz, casi sin rozar el suelo, hacia sus presas.

A gran distancia los seguía brincando Enano Diente, y chillaba:

—¡No te olvides de mí, *boss!* Resérvame los dedos gordos de los pies del obeso, *¡porfa, porfa!*

2
¡Al vampiro la cerveza se le sube a la cabeza!

El segundo capítulo se titula «¡Al vampiro la cerveza se le sube a la cabeza!». También podríamos titularlo «El fabricante de productos cárnicos y embutidos en una gigantesca cubitera», pero es demasiado largo. «Llegada al Castillo Colmillos» no está mal, pero resulta demasiado simple. Por lo que la mejor opción es «¡Al vampiro la cerveza se le sube a la cabeza!». En este capítulo aparecen nuevos personajes, y conoceremos más de cerca a aquellos que ya fueron presentados en el primer capítulo. Además pasan algunas otras cosillas.

Mientras tanto, don Blünzli, Franziska, *mademoiselle* Chicbinié (la institutriz), Tom Tex (el Estacador) y el cochero durmiente con los dos jamelgos habían llegado al Castillo Colmillos. El gran murciélago que había acompañado silenciosamente a los viajeros, voló atravesando el foso y desapareció por una grieta de la muralla.

Nadie podía saber a ciencia cierta la profundidad del foso, porque vapores pestilentes y densos surgían de su interior e impedían ver su fondo. Un podrido puente levadizo, al que ya faltaban algunos tablones, lo atravesaba. El pequeño grupo se atrevió a cruzarlo muy lentamente. A su paso, los sapos que se encontraban en el puente saltaron asustados al foso.

El puente se balanceaba y crujía. El Estacador iba el primero y supervisaba con la puntera de su bota la resistencia de los tablones. Lo seguía Wilhelm Blünzli a gatas. Detrás, Franziska y la institutriz se agarraban la una a la otra. Se oía a los caballos resoplar y relinchar miedosos. El cochero era el único que atravesaba el puente sin miedo y con la seguridad del sonámbulo, pues caminaba dormido.

Finalmente llegaron al otro extremo del foso con las rodillas temblando y suspirando de alivio.

PLASH... PLASH... PLASH, oyeron en las profundidades bajo sus pies.

—¿Qué ha sido eso? —preguntó Franziska.

—Debe de ser la zambullida de los sapos en el foso —contestó la institutriz, y a continuación, se desmayó.

El camino conducía al patio del castillo y había que pasar por debajo de una arcada de piedra. Amenazantes y oscuras, las altas murallas rodeaban a los viajeros. Las estatuas de piedra, incrustadas en los aleros, parecían estar al acecho, pues estiraban de forma exagerada los cuellos hacia delante y arrojaban chorros de agua, tan gruesos como brazos, por sus bocas brutalmente abiertas. Unos escalones desgastados llevaban a un arco que estaba cerrado por un portón de hierro. Una lagartija, haciéndoles caso omiso, se metió por debajo de una piedra de la escalinata.

Llegaron hasta el portón. El picaporte era una calavera de murciélago tallada en bronce. De repente, nadie tenía una especial prisa en llamar a la puerta. Se quedaron parados bajo la lluvia y parecían tener algo más importante entre manos. Don Blünzli miraba las paredes del edificio con el mismo interés que un turista durante una visita cultural. El Estacador hurgaba en su cartera. La institutriz intentaba limpiarse el lodo de su vestido. El cochero, apoyado en el muro, fue resbalando poco a poco hasta quedar sentado mientras sonreía angelicalmente en sueños.

Finalmente, Franziska se adelantó y golpeó tres veces la calavera de murciélago. Los golpes resonaron sordos y graves. Los muros del patio les devolvieron el eco. Una fina arenilla se desprendió del arco. Franziska retrocedió rápidamente y se colocó detrás de su padre para que nadie sospechase que había sido ella quien había llamado a la puerta.

Durante unos momentos, no sucedió nada. Después, desde las profundidades del castillo, se escuchó un ensordecedor:

¡BROOUUMMM!

Le acompañó un temblor de tierra. El suelo temblaba tanto que el muro se desconchó. Entonces siguió un atronador ¡SSHHH!, parecido al ruido que hace la marea alta. Después otro ¡BROOUUMMM!, seguido de un ¡SSHHH!, y nuevamente:

¡BROOUUMMM!... ¡SSHHH!... ¡BROOUUMMM!

Un terremoto y una marea se acercaban al portón.

Don Blünzli comenzó a notar cómo se le erizaban los pelos de la nuca. Hipnotizado miraba fijamente hacia el portón. Franziska se escondió tras la ancha espalda de su padre y cerró los ojos. El Estacador se había quedado petrificado y agarraba el asa de su cartera con las dos manos. A *mademoiselle* Chicbinié se le escapó un pedo. En ese momento, le dio igual si estaba bien visto o no. Los caballos relincharon y chasquearon inquietos. El cochero dormía.

Tuvo lugar un último ¡BROOUUMMM!, seguido de un ¡SSHHH! Después, silencio absoluto. Y a continuación, se abrió muy lentamente la puerta.

Frente a los viajeros apareció un armario. Un armario de hombre. Es decir, era un hombre pero que parecía un armario. No uno cualquiera, sino uno como mínimo de cuatro puertas y además de estilo barroco recargado. En definitiva, era un hombre gordo y ancho. Ocupaba todo el espacio del arco, por el que fácilmente hubiera pasado un carruaje.

El Armario era anticuado pero tenía un aire elegante. El uniforme de servicio era gris y negro, el pantalón estaba impecablemente planchado y del cuello recién almidonado pendía una pajarita. Los zapatos, tamaño *snowboar,* relucían. Lo que no combinaba mucho con todo lo descrito era el cráneo a lo Neandertal sin un solo pelo y lleno de chichones. También desentonaba el color verde grisáceo de su cara.

El Armario se inclinó de una sola pieza y, con voz grave, dijo despacio:

—El señor barón les da las gracias.

Seguidamente se quedó pensativo durante unos minutos mientras se mordía la uña del pulgar. Y, de repente, se le iluminó la cara y añadió:

—Ah... No, no era así. Les da la bienve-

nida. Eso. El señor barón les da la bienvenida —orgulloso, el Armario les dejó el paso libre.

No muy convencidos, los cinco viajeros entraron al interior del castillo. El criado les ayudó muy servicial a sacarse los abrigos empapados y los colgó junto con los sombreros en los percheros del guardarropa. Al cochero durmiente también lo colgó de una percha. Éste no se despertó y quedó colgado como un abrigo más con los pies en el aire.

El criado cogió un candelabro muy pesado de siete brazos y abrió el paso a la comitiva por la oscuridad de la enorme sala.

Comenzó a oírse de nuevo eso de ¡broouummm!, ¡sshhh!, ¡broouummm!, ¡sshhh! El ¡sshhh! lo producía una de las piernas del gigante, pues cojeaba y la arrastraba; en cambio el ¡broouummm! era la pierna sana, con la que pisaba tan fuerte que provocaba el temblor de tierra y levantaba grandes nubes de polvo. Los forasteros no dejaban de toser tras él y Franziska estornudó. La institutriz le dijo «Jesús».

El resplandor de las velas no era suficiente para intuir la magnitud del recibidor. El techo y las paredes se llenaron de sombras oscuras. Don Blünzli se acordó de la gran nave de su fábrica de productos cárnicos y embutidos. Ahora le parecía pequeña.

Tras veinte minutos de caminata alcanzaron una enorme escalinata. Una gran curva conducía hacia el piso superior, pero el final quedaba a oscuras. Los escalones estaban rotos y faltaban pedazos del pasamanos.

¡Chiss! Oyeron un tono sordo que venía de la sala que acababan de atravesar. Y al instante después: ¡suuus!

—¿Qué era eso? —susurró Franziska.

—El eco —murmuró la institutriz—. Acuérdate de que hace veinte minutos estornudaste.

Durante el ascenso, el gigante guía chocó algunas veces con la barandilla, provocando la caída de grandes pedazos de cemento a las profundidades. Cuando llegaron al final de la escalera, sólo les quedaba por recorrer una media hora de camino por una docena de pasillos estrechos, salas medio derruidas, rampas llenas de polvo, galerías envueltas en telas de araña, bóvedas de techo bajo y escaleras de caracol empinadas hasta llegar a una gran puerta de dos alas, que olía a humedad, a moho y a rancio.

El criado abrió la puerta con una fuerza desmedida y se quedó con una de las partes en la mano. Con la otra mano, invitó a los forasteros a penetrar en la sala.

La habitación, como el resto del castillo, era muy grande, y amenazaba con derrumbarse, además de estar cubierta por una capa densa de polvo. Pero a diferencia del resto de las estancias, aquí se apreciaba cierta comodidad. Había numerosas alfombras, muebles tapizados y varias velas. También había una chimenea, que estaba encendida, desde la cual un hombre se acercó a recibir a los visitantes.

—Buenas noches —dijo con una voz ligeramente nasal—. Mimí, mi murciélago doméstico, ya me había informado de su llegada.

Mientras hablaba, acariciaba un murciélago de gran tamaño, que descansaba en uno de sus hombros.

A pesar de su palidez y de sus ojos, que despedían un brillo rojizo, el anfitrión era un hombre elegante. Llevaba el cabello engominado hacia atrás y atado en una coleta a la nuca. El pelo le brillaba como si fuera charol negro y, en las patillas, lucía mechas color gris plata. El frac, aunque lleno de polvo, le quedaba a la medida, y de uno de los bolsillo asomaba un capullo de rosa disecado. Una pequeña barriga culminaba la aparición: elegante y digna.

—Me permito presentarme: soy el barón Vladimir de Colmillos. ¡Les doy mi más sincera bienvenida!

La institutriz se hizo cargo de la ceremonia de presentación.

—Me permito presentarle...

El barón se inclinó levemente ante los caballeros y besó la mano de las damas.

Después se dirigió a su gigante servidor que esperaba todavía con el ala de la puerta en la mano.

—Hansi, deja ya de una vez la puerta y encárgate del equipaje de nuestros huéspedes.

—El equipaje, ahora mismo —respondió Hansi, y se puso en movimiento.

—¡Hansi! —le recordó el barón—. ¡Primero la puerta!

Hansi miró el ala de la puerta que aún sostenía en su mano.

—La puerta, ahora mismo —dijo, y la soltó.

Hansi se quedó esperando.

—¡Y ahora el equipaje! —le gritó el barón Vladimir de Colmillos un poco enojado.

—El equipaje, ahora mismo —respondió

Hansi y, al salir, rozó el ala de la puerta que quedaba intacta, y ésta cayó al suelo con gran estrépito.

El barón suspiró y entornó los ojos.

—Es imposible que Hansi consiga memorizar dos instrucciones al mismo tiempo. No pueden imaginarse el desgaste que eso me produce...

En la dirección por la que Hansi había desaparecido, sonó un ruido estremecedor.

—Eso ha sido el marco de la puerta del salón rojo —se quejó el barón—. El estado en el que se encuentra el castillo se debe en gran medida a que Hansi vaya tropezándose con todo...

—...Y a la dejadez de mi señor marido a la hora de preocuparse por su mantenimiento —añadió una dama, que de repente apareció junto al barón.

—Mi señora esposa: la baronesa Valeska de Colmillos, aunque su apellido de soltera es Bissmark —la presentó el barón.

La institutriz se encargó del «Me permito presentar...»

Valeska de Colmillos era más hermosa que Blancanieves. Por lo menos, más hermosa que una Blancanieves ya algo mayorcita. Su larga cabellera y el vestido de noche ajustado eran negros como el azabache, en contraste con su piel, que era blanca como la nieve, y la sombra de ojos y sus labios, rojos como la sangre.

—¿Ya han *desacenado?* —preguntó la baronesa a sus huéspedes.

Los huéspedes se miraron boquiabiertos y sin entender nada. Franziska se atrevió a preguntar:

—¿Qué quiere decir *desacenado?*

—¡Ay, qué tonta! —exclamó la baronesa y se tocó la frente con la mano abierta—. Claro, ustedes no lo pueden saber. Como nosotros nos levantamos cuando oscurece, no queda muy bien eso de desayunar, así que nosotros *desacenamos*. Y de madrugada, antes de acostarnos, en vez de cenar lo que hacemos es *cenayunar.* Puede sonar raro pero tiene cierta lógica, ¿no?

—La verdad es que sí —apuntó don Blünzli—. Y entonces al almuerzo lo llamarán ustedes igual porque no hay distinción, ¿verdad? —dedujo ingeniosamente.

—Falso —respondió la baronesa—. Lo llamamos *lunch*. Pues queda más *in*.

Por la puerta abierta entró danzando con pies ligeros una anciana dama. Llevaba el pelo recogido con un gran lazo rosa. Vestía un batín de seda, ligeramente entallado, de color verde guisante con pintas de color lila y volantes de puntilla de Bruselas. Llevaba unas zapatillas de tacón de color rosa y, del brazo, le colgaba como complemento un murciélago de peluche.

—Vladi, cariño, ¿por qué no me presentas a tus compañeros de juego? —tarareó de muy buen humor.

—Mamá —le reprochó el barón Vladimir

de Colmillos—. ¡Ya estoy un poco crecidito para tener compañeros de juego!

Y, dirigiéndose a los huéspedes, dijo:

—Mi señora madre: la bisabuela baronesa Zsa Zsa de Colmillos, aunque su apellido de soltera es Cuello de Cisne.

Ya un poco afónica, la institutriz desempeñó su papel:

—Me permito presentarle…

En cada una de las presentaciones, Zsa Zsa ladeaba la cabeza y hacía una leve reverencia.

—Hijitos —les animó contenta Zsa Zsa—. ¿No os apetece que salgamos a pasear un poco? Sería una lástima quedarse encerrados aquí con este tiempo tan maravilloso. Perdonadme un momento que voy a cambiarme de ropa.

Abandonó el salón con unos pasos de ballet. Un golpe de viento arrancó la cortina de la ventana. Se hizo visible el paisaje nocturno iluminado por terribles relámpagos. A éstos siguieron atronadores truenos.

—¿Dónde se ha metido Sigfrido? —preguntó el barón a su esposa.

—No lo sé, ya lo conoces —respondió la baronesa encogiéndose de hombros.

A los forasteros les explicó:

—Sigfrido es nuestro hijo. A veces se muestra algo tímido con los extraños. Es comprensible: es hijo único y aquí no tenemos muchas oportunidades de proporcionarle compañía.

Le echó una mirada de desaprobación a su esposo.

—¡Sigfrido! —llamó el barón—. Ven de una vez. No seas así. Te quiero presentar a nuestros invitados.

—¡Presentaciones! *¡Quel malheure!* ¡Otra vez no, por favor! —suplicó en voz baja la institutriz.

En un rincón del salón, crujió un baúl muy parecido a un ataúd. Se abrió la tapa, y de dentro salió Sigfrido.

Sigfrido era tal como son los Sigfridos:

corpulento, fuerte, noble, rubio y con unos increíbles ojos azules que miraban audazmente. Sólo le fallaba el bronceado.

—¿Verdad que es guapo? —le cuchicheó al oído Franziska a su institutriz.

—Los hombres jóvenes nunca son guapos. Son atractivos, distinguidos, encantadores o ricos. Pero tienes razón. ¡Es muy guapo! —le contestó en voz baja la institutriz.

Mademoiselle Chicbinié sólo jugaba a la institutriz estricta en presencia de su jefe. Para eso le pagaban. En la intimidad, las dos mujeres eran buenas amigas, pues tenían mucho en común.

Sigfrido no se sentía ni encantador, ni distinguido, ni atractivo, ni rico, ni tampoco guapo. Se sentía terriblemente abochornado.

El barón lo presentó lleno de orgullo:

—El futuro tataranieto barón Sigfrido de Colmillos, cuyo apellido de soltero es Colmillos a secas.

«Los títulos cada vez son más largos», pensó desesperada la institutriz, cuando terminó el ceremonial de las presentaciones.

Tras el juego del «me-permito-presentar», Franziska se acercó a Sigfrido como quien no quiere la cosa.

—A mí estas formalidades sociales también me aburren terriblemente —le dijo Franziska a Sigfrido en tono confidencial.

Sigfrido se puso rojo y dejó caer los brazos.

—A mí no —tartamudeó en voz baja—. En realidad es que soy tan tímido que a la mínima me pongo colorado y siento un tremendo bochorno. Lo paso fatal.

—¡Qué mono! —dijo Franziska, y apoyó la mano en su brazo.

Sigfrido no podía ponerse más rojo de lo que ya estaba. Pero sonrió feliz.

Entonces se oyó un crujir de madera astillándose.

—Esta vez era el marco de la puerta de la

bodega —se quejó el barón—. Hansi ya viene con el equipaje.

Al poco rato entró Hansi. Llevaba los dos jamelgos y el equipaje sobre sus hombros, y del cuello le colgaban dos marcos de puerta. Además, su cabeza contaba ahora con algún que otro chichón de más.

El barón Colmillos necesitó darle diecisiete órdenes cortas y concisas, una después de la otra, para conseguir que Hansi descargara el equipaje, apoyara los marcos de las puertas en la pared, llevara los caballos al establo y los proveyera de paja.

—Es más agotador que si tuviera que hacerlo yo mismo —se quejó el barón, y se limpió las gotas de sudor de la frente con un pañuelo de seda.

Sacó una botella de un armario empotrado, se llenó un vaso de un líquido rojo y se lo bebió de un trago. Su mejoría se hizo patente.

Hasta ahora Tom Tex el Estacador se había

mantenido callado, en un segundo plano, con su cartera bien agarrada. Debajo de sus párpados medio cerrados, sus ojos se habían movido inquietos de aquí para allá y se había fijado atentamente en cada detalle.

Pero de repente dio un paso al frente, saltó ágilmente sobre la mesa, y se plantó con las piernas abiertas. Entonces con voz fuerte anunció:

—Nadie puede decir que no os había avisado. En un principio se trataba sólo de una sospecha, ahora es ya una certeza. Todo habla a mi favor: el polvo y el estado del castillo, las horas de sueño de sus dueños y, sobre todo, su régimen alimentario. ¿Sabe alguien qué ponía en la botella de la que el barón se ha servido un vaso?

Era una pregunta retórica y nadie contestó.

—¡Qué trolero! —susurró Franziska, y cogió a Sigfrido de la mano.

—En la botella ponía: grupo sanguíneo

B+, año 1865 —reveló triunfante el Estacador.

Surtió el efecto esperado. Los invitados palidecieron, los anfitriones ya lo estaban; sólo Sigfrido se puso colorado, porque Franziska le apretaba con fuerza la mano.

—Esto sólo permite una conclusión —siguió gritando el Estacador—. ¡Estamos entre vampiros!

En ese momento la bisabuela baronesa Zsa Zsa entró danzando en el salón. Se había puesto un mono de seda muy vaporoso. El diseño de flores del modelo culminaba con un delicado sombrerito del que colgaban unas cintas de color lila.

Su voz cantarina rompió el silencio:

—Evidentemente que se encuentra en compañía de vampiros, querido. ¿Es que no lo sabía?

El silencio se hizo embarazoso. El barón Vladimir de Colmillos golpeó su vaso para pedir la atención. Se levantó dignamente y habló:

—Para disipar cualquier resquicio de duda, aprovecho la ocasión para anunciar que nosotros, que somos descendientes del noble linaje de los Colmillos, desde hace siglos hasta hoy día y espero que todavía en un futuro lejano, fuimos, somos y seremos, de lo cual podemos y debemos enorgullecernos, a saber...

El barón había perdido el hilo. Terminó su discurso de manera abrupta:

—...O sea, en pocas palabras, que somos vampiros.

Y tras hacer una pequeña pausa, añadió con voz estremecedora:

—¡Vampiros de pura raza!

El barón soltó una carcajada y todos pudieron ver brillar, iluminados por el reflejo de las velas, sus afilados colmillos. El barón Vladimir de Colmillos reía con ganas. Su risa inundó el salón y salió flotando por las escaleras de caracol, las bóvedas, las galerías, las rampas, los pasillos y demás salas. Hasta en el lejano y enorme recibidor, donde el cochero colgaba de una percha, la risa sonó tan fuerte y estremecedora, que éste se despertó asustado. «¡Sooo!», dijo, y a continuación siguió durmiendo. Pero la risa del vampiro resonó aún durante un buen rato.

Mientras tanto, el hombre bajito que llevaba puestos unos prismáticos y el paraguas hecho jirones entre sus dos manos había llegado al Castillo Colmillos.

Estaba reventado y apenas se sostenía en pie. Sus gafas estaban tan sucias que casi no podía distinguir su entorno más inmediato. Para su desdicha, en aquel momento no tenía ningún relámpago a su disposición que le iluminara el camino. Pudo ver la silueta borrosa del castillo, pero no vio el foso ni el puente levadizo.

Avanzó a trompicones derecho al precipicio. Cuando dejó de tener tierra firme bajo sus pies, empezó su larga, larga caída hacia las profundidades.

Mimí, el murciélago doméstico, revoloteaba por la zona y observó cómo el hombre desaparecía entre los vapores que desprendía el agua del foso.

Entonces Mimí aprovechó para cazar unas hermosas polillas como tentempié y se echó una siestecita colgado de un alero. Al cabo de un buen rato, le despertó un lejano: ¡PLASS! El ruido le advirtió de que el hombre había concluido por fin su caída, y fielmente, cumplidor de sus deberes, se encaminó a informar de los hechos a su amo y señor.

Los aldeanos y campesinos se reunieron delante del ayuntamiento. A decir verdad, ya no eran tantos como los que, apenas hacía una hora, habían estado lanzando gritos de «Abajo los vampiros» en la taberna, pero seguía siendo un grupo considerable de luchadores antivampiros a prueba de espadas y mordiscos.

El maestro había escrito pancartas y pizarras y las repartía entre los expedicionarios: «¡Al vampiro la cerveza se le sube a la cabeza!» «¡Yo no me las piro sin antes cargarme a un vampiro!» «¡Una ristra de ajos les meteremos cuello abajo!» «¡En nombre de nuestra madre, correrá la sangre!» Su experiencia como maestro de escuela le había enseñado que las rimas eran más creíbles y más fáciles de memorizar. Su arma no era otra que un compás de pizarra.

El resto iba armado con horquillas, guadañas, hoces, varas, cinceles y estacas afiladas. Del cuello llevaban colgadas coronas de ristras de ajos. Incluso el tabernero se había metido ajos hasta en los oídos y en las fosas nasales.

El borracho de Willi iba dando tumbos cogido a su botella de vino y andaba repartiendo buenos consejos a los valientes combatientes. Al verlo, el sepulturero tuvo la gran idea de colgarlo de un palo y obligarlo a abrir la marcha. De esa forma, los vampiros le morderían primero a él y, por el nivel de alcohol en su sangre, se emborracharían inmediatamente. A continuación, liquidarlos sería mucho más fácil. La idea fue bien recibida y se armó un tremendo alboroto mientras se ponían manos a la obra. Las protestas y los balbuceos de Willi no sirvieron de nada. La voluntad del pueblo era mayor.

El grupo ya estaba preparado para la marcha. Envuelto por el humo de las antorchas, los guerreros parecían un erizo enorme de púas afiladas. La cocinera del cura agitó la sartén en señal de partida. De repente, se paró en seco y gritó:

—¿Dónde está el gendarme?

Se produjo un murmullo furioso. Con

pasos decididos, la cocinera regresó a la taberna. Al salir, llevaba consigo al gendarme cogido del cuello mientras éste se zarandeaba. Podríamos hablar de éxito popular.

La cocinera le puso un asador en la mano y la caravana de púas inició la marcha. En las alturas, se erguía amenazador y perfilado por el resplandor de los relámpagos el Castillo Colmillos, que parecía estar esperándolos.

En soledad forzada y muy alejado del resto del grupo, Willi el Borracho iba al frente de la comitiva. Le habían atado las manos a la espalda y colgaba de una gran vara de carruaje con la que lo conducían empujándolo hacia adelante. Willi volvía a tener hipo. Parecía el *tictaquear* de una bomba de relojería.

La terrible banda de Mordedor se detuvo

entre resoplidos, relinchos y derrapadas. Desmontaron y se agolparon alrededor del carruaje volcado. Cuando se dieron cuenta de que estaba vacío, explotó un concierto de abucheos, silbidos, gruñidos y rugidos.

—¿Qué hacemos ahora, *boss?* —preguntó un vampiro calvo con las orejas de punta y muy peludas.

—¡Cierra el pico! —dijo Mordedor jadeando—. Estoy pensando.

Cuando el *boss* se ponía a pensar, nadie se atrevía ni a respirar. Sólo se oía el caer estrepitoso de la lluvia. Un relámpago iluminó los pensamientos de Mordedor, uno de los ya conocidos relámpagos, que volvía a iluminar el castillo fantasmagórico de Colmillos. El relámpago se reflejó en sus gafas de sol y su rostro también se iluminó.

—¡Wanja! —gritó—. Mira si puedes recuperar la pista perdida. Busca ahora en dirección al Castillo Colmillos.

Wanja el Ogro se dispuso a olfatear. Impaciente, el poderoso *boss* echó mano de su látigo.

—¡Lo tengo, *boss,* lo tengo! ¡Como siempre, eres infalible! —aulló el Ogro relamiéndose—. Cinco bípedos y dos cuadrúpedos en dirección al castillo, *boss*.

Mordedor asintió y sonrió solapadamente, sin que nadie pudiera percatarse. Se subió al carruaje volcado. Heroico, se elevó sobre el cielo nocturno. Estaba a punto de soltar uno de sus famosos discursos.

—¡Mis apestosos chupadores de sangre de cerdo! —vociferó dirigiéndose a sus *fans*.

Así acostumbraba a iniciar sus discursos. Los vampiros se acercaron hasta donde se encontraba Mordedor. Les castañeteaban los dientes de la emoción.

Mordedor prosiguió:

—Nuestro *fast food* se ha escondido en el Castillo Colmillos. Esa vieja choza está podrida y amenaza derrumbarse. Aun así podría ser peligroso si la asaltamos todos a la vez. Pero vuestro *boss* ya ha trazado un plan ¡¿Dónde demonios estaríais sin vuestro *boss* y su mente poderosa, colas de rata podridas?!

Todos emitieron rugidos a su favor y un ferviente y multitudinario grito de: «¡Vamp, vamp, hurra!»

—Yo, vuestro *boss*, mártir y altruista, tomaré la delantera y me colaré a escondidas en el castillo. Cuando lleguéis vosotros, os encontraréis las puertas, las ventanas y los portones de la chabola abiertos. Y entonces, oh, chupópteros sedientos de sangre, comenzará el gran banquete de yugulares a reventar de sangre caliente. ¡¿Qué me decís al respecto, piojosas sabandijas con chinches?!

Sonaron gritos de alegría y aclamaciones. Todos aplaudían, escupían y pataleaban el suelo lleno de lodo, salpicándolo y lanzándolo a un metro de altura.

Mordedor saltó del carruaje y se zambulló en la multitud. Nunca solía hacerlo.

A sus pies, Mordedor oyó una voz odiosa y chillona:

—Hola, *boss*, ya estoy aquí. *Porfi, porfi*, llévame contigo al castillo. Soy tan pequeño que puedo colarme por cualquier hueco. Te seré de gran ayuda, *boss*.

Enano Diente limpiaba las botas embarradas de su maestro con la lengua. Mordedor esperó a que estuvieran relucientes. Entonces le propinó un puntapié. El enano salió disparado como una pelota y rodó por los charcos hasta pararse junto a las piernas de Wanja. El Ogro lo chutó en dirección al vampiro del peinado punk. Éste lo paró con un golpe de pecho..., regateó a uno, dos, sí..., hasta tres contrarios, y cuando se acercaba al centro..., pasó el enano a Mordedor, que ya se abalanzaba sobre ellos... Éste agarró la pelota y, en un pase de balonmano, lanzó a Enano Diente por la ventana del carruaje.

«¡Gol! ¡Gool! ¡Goool!» Los *fans* estallaron

en bramidos. Todos, orgullosos, rodearon al goleador porque querían felicitarlo. Mordedor les dejaba hacer. No estaba de tan buen humor desde hacía dos años. Aquella vez, fue por Todos los Santos, durante un partido de baloncesto había conseguido meter a Enano Diente en una colmena de abejas, que hacía de canasta a cinco metros de distancia.

El enano salió a gatas por la ventana del carruaje mientras chillaba:

—Vuélveme a lanzar, *boss*. ¡Ha sido un tiro excelente! ¡Márcate otro gol a mi costa, *porfi, porfi!*

Mordedor sacó un par de alas de murciélago de las alforjas de su jamelgo. Era un modelo de viaje de la marca «Vuelo nocturno & Compañía». Su novia Vampana le ayudó a ajustárselas. Antes de despegar le dio un cariñoso mordisquito en la mejilla. Normalmente Mordedor no le permitía esas muestras de afecto en público. Hoy, sin embargo, gruñó satisfecho, pues estaba de buen humor.

Aleteando se elevó al cielo. El mal tiempo no le era muy propicio. La lluvia empapaba las alas haciéndolas muy pesadas y las ráfagas huracanadas dificultaban la navegación. Pero, valientemente, Mordedor consiguió esquivar la copa de un árbol calcinado y ganar altura dirigiéndose con determinación hacia su meta: el Castillo Colmillos.

—¡No te olvides y pon a refrigerar al gordito para los dos! —gritó Vampana antes de verlo desaparecer.

Vampana se imaginó junto a su amado Mordedor, solos, en una terraza iluminada por la luna y algunas velas; de fondo, música de *rock* duro; y a su lado, en una gigantesca cubitera, a Wilhelm Blünzli, fabricante de productos cárnicos y embutidos. Vampana suspiró romántica.

Mientras tanto, la noche se había engullido al Mordedor volador. Ningún relámpago le hizo el favor de facilitarle el camino iluminando el castillo.

3
Una dentadura pasea por la habitación

El tercer capítulo se titula «Una dentadura pasea por la habitación». La única alternativa posible sería «En el Castillo Colmillos». Y está claro que la dentadura que se pasea libremente durante todo el capítulo se merece el primer puesto. En este tercer episodio no aparecen nuevos personajes, pues los 22 ya conocidos deberían ser suficientes para mantener la historia con buen ritmo. Y, por cierto, aquí empieza a animarse.

81

Cuando la estremecedora risa del barón Colmillos dejó de retumbar por el castillo, éste dejó de sonreír y se puso muy serio.

—Ruego me disculpen si los he asustado —dijo con tono tranquilizador—. Les debo una explicación. Pero, por favor, mejor tomen antes asiento.

Tom Tex el Estacador, que aún estaba clavado sobre la mesa, se bajó de ella sin quitarle el ojo de encima al barón. El resto del grupo también salió de su estupefacción y se sentaron temerosos en las sillas tapizadas. Se levantaron nubes de polvo.

—Hansi —dijo la baronesa—, por favor, sírveles una infusión caliente a nuestros queridos invitados. ¡Una tisana de raíz de sangre!

—Una tisana de raíz de sangre caliente, con mucho gusto —repitió el criado y alcanzó la puerta sin llevarse nada por delante.

—Espero que les guste la tisana de raíz de sangre —deseó la baronesa a sus invitados—. ¡La tisana de raíz de sangre es tan saludable! Es sedante y, si se toma por las noches, antes de irse al ataúd, ayuda a tener pesadillas maravillosas y...

—Por favor, Valeska —la interrumpió el barón—. Quería darles una explicación.

Cuando el barón consiguió ser el centro de atención, empezó:

—El hecho de que seamos vampiros no debe inquietarlos lo más mínimo. Evidentemente bebemos sangre, pero, ¡por todos los vampiros!, no es sangre humana. ¡Se lo ruego! ¡Nosotros no somos caníbales!

La baronesa Colmillos carraspeó y recriminó a su esposo con la mirada.

—Claro que, en ocasiones especiales —reconoció tímidamente el barón—, me permito una botellita de sangre humana de nuestra bodega, que embotelló mi abuelo el Conde Kainfried Gran Bebedor, que en paz descanse. ¡En la bodega tenemos algunas reservas muy especiales!

Puso los ojos en blanco y chasqueó apetitosamente la lengua. La baronesa lo miró severamente. Quedó muy claro que no aprobaba la relación de su marido con la bebida.

Fuera se oyó un terrible estrépito.

—Era la puerta de la cocina —murmuró resignado el barón.

Entró Hansi. Iba cubierto con escombros de muro y trozos de ladrillos, pero la tetera de porcelana estaba intacta. La bebida caliente humeaba y olía muy bien. Hansi esperaba órdenes.

—Pon la tetera en la mesa —le indicó la baronesa con paciencia—. Y Hansi, necesitamos tazas. ¡Por favor!

—Tazas de té, con mucho gusto —Hansi hizo una reverencia y se dio la vuelta.

Un montón de polvo cayó en la alfombra.

—Como iba diciendo —prosiguió el barón—, de vez en cuando, me tomo alguna copita de sangre humana de noble origen. La idea preconcebida de mucha gente de que los vampiros mordemos los cuellos y chupamos la sangre es ridícula. Se trata de una barbaridad.

—Y, además, sólo pensar —añadió la baronesa con cara de asco— que hay gente que no se lava y va con los cuellos de la camisa sucios me produce náuseas.

—Antaño, eso de ir mordiendo los gaznates era corriente. ¿Pero hoy en día? ¡Por favor, ya no estamos en la Edad Media! ¿Ustedes tampoco comen ya con las manos, o sí? —dijo el barón.

—*Mais non,* naturalmente que no —contestó la institutriz.

—Bueno, una salchicha con mostaza sí —protestó Blünzli, el fabricante de productos cárnicos y embutidos.

—Y por lo que se refiere a la alimentación sólida —especificó el barón—, preferimos la carne cruda y jugosa. Como máximo, vuelta y vuelta en la sartén. Señor Blünzli, estará de acuerdo conmigo en que un buen bistec tiene que estar un poco crudo.

—¡Sí señor! ¡Muy bien dicho! —afirmó el fabricante de productos cárnicos y embutidos.

El vampiro le estaba empezando a caer bien.

A lo lejos se oyó un ruido estruendoso, seguramente producido por otro marco de puerta al caer. Al rato, Hansi llegó con las tazas de té.

—¡Azúcar, Hansi, falta el azúcar! —la voz de la baronesa aún denotaba cierta paciencia.

—Azúcar, con mucho gusto.

—Y por si acaso, no te olvides de traer también las cucharillas —gritó el barón.

Aunque la verdad es que no se le veía demasiado esperanzado.

—Y volviendo al asqueroso tema de la succión de sangre —retomó el barón—, tengo que reconocer que, desgraciadamente, hoy en día aún se dan casos de vampiros que se alimentan de tan aborrecible manera. Son personajes criminales, tipos anormales. Marginados parias, con los que ningún vampiro civilizado quiere tener trato alguno. Por ejemplo, el conocido Mordedor y su banda tienen atemorizada a toda la comarca. Es uno de esos elementos antisociales de los que tienes que cuidarte. Pero aquí, con nosotros, realmente no tienen nada que temer. ¡Se lo aseguro, nosotros somos vampiros cultos!

Franziska, que se había apartado un poco de Sigfrido antes de que el barón diera las pertinentes aclaraciones, sonrió reconciliadora al hijo rubio del vampiro. Sigfrido le devolvió tímidamente la sonrisa.

La bisabuela baronesa Zsa Zsa de Colmillos, apellidada también Cuello de Cisne, se había retocado el maquillaje durante la exposición del barón. Ahora también metió cucharada.

—¡Oh, queridos míos, no estoy del todo de acuerdo! Eso que dice mi Vladi de ser civilizado y culto suena muy correcto, pero, a mí, más bien me parece desdentado y sin color (a sangre). Incluso me atrevería a decir decadente. Sí, años atrás, todavía existían vampiros con sangre en las venas en lugar de horchata. ¡Por ejemplo, mi abuelo, que en paz descanse, el tatarabarón Dentellada en el Cuello, él sí que era un vampiro sanguinario con agallas! Lo conocí cuando era una niña. No había cuello humano que se le resistiera. En su buena época, se bebía hasta tres personas por noche. Entre sus compañeros de juerga era conocido como el más bebedor. Su brindis preferido era: «Sólo bebiendo sangre humana percibes lo Verdadero, lo Puro, la Belleza». Hoy en día vampiros de su talla ya no se encuentran.

Zsa Zsa suspiró y se quedó mirando una telaraña que colgaba del techo.

—Los jóvenes mordedores —continuó desilusionada— no tienen ni idea de lo que es un buen mordisco. Mi difunto esposo, ya era un blandengue de dientes romos. ¿Y yo? Bueno, a mí me gustaría poder morder, pero...

Se quedó callada y se sacó la dentadura con los colmillos afilados de la boca, la dejó mojada de saliva en la mesa y se justificó:

—Efte ef el motiffo, for el que fa no fuedo fanfo como me fustaría.

—¡Mamá! —le chilló indignado el barón.

—¡Madre! —la reprochó la baronesa—. ¡Que no estamos solos!

—¡Pero abuela! —le dijo Sigfrido rojo de vergüenza por lo que pudiera pensar Franziska de su familia.

—¡Fueno, fale! —los tranquilizó la abuela, y quiso volver a ponerse la dentadura.

Pero la dentadura se había tornado autónoma y se arrastró castañeteando:

¡CLIPCLAP, CLIPCLAP, CLIPCLAP!

Cruzó la mesa en dirección al Estacador.

—¡No fufra! —le avisó Zsa Zsa—. No muerfe. Fueno, no femasiafo fien. ¡Morfisfito, fuelfe afora mifmo fon fu amifa!

Tras un corta persecución, los dientes volvieron a estar en su sitio.

Afuera, en el pasillo, se oyó caer una columna. Hansi entró con un nuevo chichón, pero con el pecho bien henchido. Traía consigo las cucharillas y, cosa increíble, también el azúcar. Lo recibieron con un aplauso espontáneo.

El barón Colmillos le dio unos golpecitos en señal de reconocimiento en los codos (no llegaba a sus hombros), y le pidió que trajera los platillos y un poco de leche.

—Platillos y... y... y...

El esfuerzo de memoria le provocó un estallido de chispas que salieron de sus chichones.

—¡...Y leche! —vociferó triunfal mientras levantaba ambos brazos.

Con su entusiástico gesto arrancó un pedazo de techo, y respondió al barón con un:

—Con mucho gusto —y se fue.

—No sé si le exiges demasiado —le comentó Valeska a su marido.

—¡Acompáñenme! —invitó Zsa Zsa a los huéspedes—. Quiero mostrarles un legado de los buenos viejos tiempos.

El barón quiso retener a su madre, pero ya era demasiado tarde. Suspiró. Zsa Zsa abrió una puerta corredera, hizo pasar a los invitados y les anunció:

—La antigua sala de cacería de mi abuelo.

Lo que vieron los huéspedes los dejó helados y un tremendo escalofrío recorrió sus espaldas. Así como un cazador diseca las cabezas de reses, ciervos y cabras montesas, y las cuelga orgulloso de la pared, aquí colgaban un montón de cabezas humanas. En los cuellos se podían reconocer los agujeros de los mordiscos. Debajo de cada cabeza había una tablilla en la que se leía, con letra pulcra, el nombre, la profesión y la fecha del día que se produjo la mordedura de las víctimas. Expuestos en la habitación había comerciantes, vagabundos, directores de circo, viajantes, camioneros, turistas, reporteros, autores de literatura infantil y escritores de viajes.

Cuando Zsa Zsa observó las caras de asombro de los huéspedes, comentó:

—Supongo, queridos, que se estarán preguntando por los cuerpos, pero qué hacer con ellos si su piel es demasiado fina para utilizarla como alfombrilla de cama.

Se le escapaba la risa y para disimular se tapó la boca con una mano. En el centro, rodeado por los trofeos de caza, pendía un cuadro. Parecía pintado en sangre y predominaban los colores del vino. En él se distinguía a un vampiro rechoncho con atuendo de caza. Por debajo de la papada, le colgaba una condecoración que era un rubí. Parecía no perderse detalle de los invitados, a los que miraba con sus colmillos ensangrentados al descubierto.

—El cuadro sanguíneo de mi abuelo, el tatarabarón Dentellada en el Cuello. ¡Un vampiro de enciclopedia! —enfatizó orgullosa Zsa Zsa.

Con la mano le mandó un beso y, al salir de la sala, se despidió de los invitados:

—Me disculparán un momento, por favor. Voy a cambiarme de ropa para tomar el té.

El resto del grupo también abandonó la sala con repentina urgencia.

—¡*Scandaleux!* —exclamó la institutriz, y dejándose caer en una silla, desapareció tras una nube de polvo.

—¡Es vomitivo! —murmuró el Estacador, y receló aún más que antes de aquellas personas.

A don Blünzli le vino la imagen del cochinillo asado con la manzana en la boca que se prepara para Fin de Año y dejó de parecerle apetitoso.

Sigfrido volvía a tener la cara como un tomate y se avergonzaba de sus antepasados.

Franziska le susurró al oído:

—No le des tanta importancia. Yo tampoco me siento precisamente orgullosa de mis parientes.

Lo dijo pensando en su tío, que disecaba zorros, conejos, búhos y faisanes, y los rellenaba y les ponía ojos de vidrio para venderlos por las escuelas, donde los colocaban en las aulas de estudio para que se llenaran de polvo.

Se acercaba un tintinear y cencerrear. Hansi venía cargado con ollas, paellas, ensaladeras, batidoras, botellas de vinagre, cogollos de verduras, cuchillos, tablas. No se había dejado ni el rodillo. En pocas palabras: acarreaba consigo media cocina.

—He... he olvidado qué era lo segundo... Por eso... por eso... —tartamudeaba.

Los platillos los había traído pero la leche,

no. La verdad es que no fue tarea fácil explicarle a Hansi que dejara los platillos, se llevara el resto de los utensilios de vuelta a la cocina y trajera, de una vez por todas, la leche.

El Estacador se había quedado a un lado apoyándose en la repisa de la chimenea. Mordía otro tallo de ajos, tenía el ceño fruncido y estaba ensimismado en sus pensamientos.

El barón Colmillos se dirigió a él cuando dijo:

—Lo que acaban de ver en la sala de caza no es nada apetitoso y no habla demasiado bien de nuestro pasado. Pero de eso hace ya mucho tiempo y no podemos cambiarlo.

Cogió una copa y la botella con la sangre del grupo B, pero intimidado por la severa mirada de su esposa y el semblante cada vez más sombrío del Estacador, lo dejó para más tarde.

—Oiga, joven —dijo algo enojada la baronesa—, ya está bien de morros. No tiene motivos para ello. Si tenemos en cuenta lo derrochadores que son los propios humanos con su sangre, me parece exagerado que a los vampiros se nos prohíba tomarnos ocasionalmente un vasito de sangre humana. Piense en todos los genocidios, guerras, revoluciones y ejecuciones en los que la humanidad ha derramado tanta sangre. Sangre que no se puede medir por vasitos, botellas o toneles. Raudales gigantescos de sangre han sido embebidos por los campos de batalla a lo largo de toda la historia, y usted tiene la osadía de...

La baronesa se había entusiasmado con su discurso y hubiera podido seguir enumerando barbaridades humanas durante mucho tiempo, pero la interrumpió un: ¡CLIPCLAP! En la habitación entró paseando tranquilamente una dentadura de colmillos afilados que castañeaba. Entonces se oyó a la bisabuela baronesa gritar en el pasillo:

—¡Mira que feráf! Fuelfe inmefiatamente

con tu fueña. Eftoy farta de tus pafeos. ¡Morfisfito malo!

Zsa Zsa entró en la habitación tras la dentadura. Le costó lo suyo hacerse de nuevo con ella. Una vez la tuvo en su poder, se la metió en la boca, y como castigo la cerró firmemente. El rechinar de los dientes provocó una nube de polvo.

Zsa Zsa ahora llevaba puesto un *top* sin mangas de satén color rosa pálido y bordado en oro. Un tocado con volantes y puntillas de color encarnado resaltaba aún más su pálido semblante.

—Espero no haber llegado demasiado tarde para tomar el té —preguntó al ver las expresiones avergonzadas de su familia.

En ese momento la estancia crujió atronadoramente. Un pedazo de pared se derrumbó completamente y una densa nube de polvo inundó todo el suelo, encaramándose por las paredes, cubriendo todo el techo, y lentamente a los presentes. A través del polvo y del boquete abierto en la pared, se podía distinguir a Hansi. Había calculado mal, por unos cuantos metros, la distancia de la puerta, pero en sus manos sostenía triunfalmente la lecherita.

—¿Permiten que les ofrezca una taza de infusión? —tosió la baronesa.

Galantemente Sigfrido le sirvió a Franziska una taza de infusión. Ésta se la tomó a pequeños sorbos, mientras miraba a Sigfrido directamente a los ojos, y entonces le dijo:

—¡Me encanta beber infusión helada!

A pesar de la bebida fría, Sigfrido sintió calor.

El Estacador no probó la infusión. Continuaba apoyado en la chimenea con semblante crítico. De repente le recorrió un escalofrío y sus ojos brillaron vidriosos. Se apartó de la chimenea y se acercó con pasos lentos y pesados hacia la mesa. Empezó a hablar con voz ronca y baja. La ristra de ajos que colgaba de la comisura de sus labios se balanceaba.

—Yo tenía un hermano. Era un poco mayor que yo y nos queríamos mucho. Hace unos años, durante un viaje por Transilvania, desapareció sin dejar rastro. Las últimas pistas se pierden por este entorno. Nunca más he sabido de él. Desde entonces me he convertido en cazador de recompensas especializado en vampiros y lo busco, mejor dicho, busco a su asesino, por los rincones más recónditos de toda Transilvania. Siempre he estado convencido de que fue asesinado, pero hasta el día de hoy mi búsqueda había sido en vano. Pero hoy... hoy he logrado encontrar una pista.

Acusador, señaló la repisa de la chimenea.

—¿Ven ese anillo con la gran piedra rojiza?

Todo el mundo miró hacia la repisa de la chimenea y pudieron ver el anillo de plata con la hematites rojiza que brillaba.

El Estacador murmuró casi sin voz:

—Ése era el anillo de mi hermano.

El silencio que se hizo a continuación fue tan brutal, que se podían oír los ronquidos del cochero desde el lejano vestíbulo.

—Y, usted, barón Colmillos —bramó ahora el Estacador—. ¡Usted posee el anillo de mi hermano, usted carga en su conciencia con mi hermano, usted se ha bebido la sangre de mi hermano! ¡Usted es el asesino! ¡Y pagará por ello!

El brillo rojizo que despedían los ojos del barón aumentó notablemente. Se levantó con violencia. Su silla cayó al suelo. Todo indicaba que estaba a punto de lanzarse, lleno de rabia, contra el Estacador. Pero Sigfrido lo agarró por el hombro, y Valeska acarició tranquilizadora su mano.

—Piensa en tu presión sanguínea, Vladimir —le dijo.

El barón recuperó la compostura, se irguió y anunció con voz penetrante y cortante:

—Señor Tom de Tex y Estacador, no me dignaré a contestar su absurda acusación. ¡Pero la ofensa con la que me ha deshonrado a mí y a mi familia sólo puedo limpiarla con sangre!

El barón se quedó muy orgulloso con su pequeño discurso; sobre todo, con la última frase. Pero le había faltado el efecto especial de lanzarle el guante. Buscó en sus bolsillos y, al no encontrar nada, le lanzó una zapatilla a los pies. Guante de desafío o zapatilla de desafío, qué más daba, ese pequeño detalle no afectaba a la situación dramática que se estaba viviendo.

El Estacador contempló la pantufla y respondió altivo:

—¿Ah, un duelo?

—¡Sí, caballero, un duelo de sangre!

—¿En qué condiciones?

—A vida o muerte.

—¿Con qué armas?

—Cada cual con la suya.

—¿A qué hora?

—A medianoche —siseó el barón Colmillos y mostró sus afilados y brillantes colmillos.

Después de que el pequeño hombre de las gruesas gafas y del paraguas hecho trizas, del que iba agarrado con ambos puños, cayera en la fosa llena de bazofia verdosa de fango que rodeaba el castillo, se hundió profundamente.

Tardó mucho en volver a emerger. Estaba cubierto de algas verdes y de otras plantas acuáticas. Tomó aire. Llevaba un nenúfar enredado en la barba, un alga colgada de su oreja y la cara llena de florecitas acuáticas. Una rana, que estaba sentada sobre su sombrero, se partía de risa.

Nadando, si es que se puede nadar en un potaje de verduras, ganó la orilla. Palpó las paredes empinadas del foso. Desesperado intentó asirse a algo. Su mano no encontró ningún asidero en la piedra viscosa.

¿No encontraría escapatoria de esa ciénaga apestosa y podrida? ¿Esta piltrafilla humana se merecería un final tan tenebroso casi en la meta de llegada?

No, no se lo merecía, así que encontró una obertura en la roca. Jadeando se deslizó por ella y gateó por el estrecho pasadizo. El hombre arrastraba una larga cola de verdura acuática de un color verde veneno. En el interior del túnel las ratas salían huyendo a su paso aunque, de vez en cuando, le rozaba el ala desplegada de algún murciélago despistado.

Al final del corredor encontró una puerta con barrotes de hierro oxidados. Detrás de ésta había una pequeña cámara con dos grandes palancas. En una ponía «subir», y en la otra, «bajar». En la puerta colgaba un cartel donde se leía «Ascensor fuera de servicio».

El hombre gimió. Junto al ascensor descubrió los peldaños de piedra de una escalera de caracol muy empinada que conducía hacia arriba.

Próximo al agotamiento, pero movido por una voluntad invencible, el hombrecillo empezó a escalar por los grandes peldaños.

Caminando en espiral fue ascendiendo lentamente. A partir del escalón número 836 decidió animarse a la voz de comando militar: «Izquierda-dos-tres-cuatro, izquierda-dos-tres-cuatro, izquierda-dos-tres-cuatro, izquierda...», o con el «Un, dos, tres, piedra, papel, tijera...»

Cuando llegó al escalón número 1.784 sólo era capaz de darse ánimos con buenas palabras: «...Y este escaloncito para la querida tía María, y éste para Juan, y este otro para tu gatita bonita...»

Después del escalón número 3.546 ya cantaba: «Bamba, la bamba, bamba... Para subir al cielo...» Una estrofa por escalón.

Cuando llegó al escalón número 7.552

tropezó con un esqueleto humano. Pertenecía a un escalador tirolés que tuvo que abandonar el ascenso de la escalera de caracol por falta de buenas condiciones físicas.

A partir del escalón número 12.128, el aire estaba enrarecido. Pero el hombre siguió subiendo y subiendo y subiendo...

Mordedor se dirigía en su vuelo a ciegas hacia el Castillo Colmillos. Las turbulencias y el aire le hacían perder altura peligrosamente.

A pesar de todo, sonreía. Sonreía de forma terrorífica. Pensaba en su banda salvaje, que llegaría tras él al castillo, y en que para ellos ocupar el castillo y celebrar su orgía sangrienta sería coser y cantar. Y él era el encargado de preparar el terreno.

Mordedor soltó una carcajada.

¡Pobres locos ignorantes! Realmente debían estar alucinando si pensaban quedarse con la mejor parte. ¿Por qué tendría él que dejar los bocados más deliciosos a ese puñado de incompetentes? Él era el *boss* y el *boss* escoge y se queda con la parte más suculenta. Si después sobraba alguna cosa, podrían pelearse entre ellos por los restos sangrientos.

Durante varias noches, Mordedor y su banda, siempre hambrienta, habían seguido el carruaje, y gracias a la nariz de Wanja, el *boss* conocía la calidad de su ágape. Como entrante se ocuparía de la joven dama. Eso ya era motivo suficiente para estar solo. Los numeritos de celos que solía montarle Vampana le hubieran aguado el banquete. A la acompañante de la joven, un par de años mayor que ella, se la reservaría como plato principal. Las constituciones deportivas suelen ser muy refrescantes. Bueno, y al gordo, lo dejaría de postre y lo podría compartir con Vampana, ya que a ella parecía apetecerle mucho. Le quedaría muy agradecida por tan generoso detalle. Al tipo flaco y al cochero, no quería ni probarlos. Dejaría a sus ávidos compañeros que se pelearan por ellos. Tenía que contentarlos con alguna cosa si quería seguir manipulándolos.

De un tiempo a esta parte, cuando Mordedor pensaba en su banda, le sobrevenían sentimientos de asco y de rabia. ¡Esa vomitiva sumisión del Ogro! ¡Los chillidos histéricos de Enano Diente! Las constantes peleas y broncas por el poder y el botín. ¡Y esos asquerosos modales! No es que él fuera modélico en cuestiones de caballerosidad y buenos modos, pero empezaba a estar harto del continuo escupir, eructar, jadear y echar pestes. Ya no los soportaba. No tardaría en tener que separarse de todos ellos. ¿Y Vampana...? Bueno, ya vería lo que hacía con ella.

Mordedor volvió a concentrarse en su misión presente. El Castillo Colmillos. ¿Le impedirían los habitantes de esa ruina conseguir su propósito?

Esa saga degenerada de aristócratas. ¿Cómo se llamaban?... Ah, sí, los Colmillos. No debía menospreciar al jefe de ese clan, a pesar de que luciera una enorme barriga, aún podía tener sus instrumentos afilados, y por tanto, ser peligroso. Por otro lado, seguro que ese diente blandengue y antideportista había perdido la práctica de pelear, y desconocía los nuevos métodos de la lucha vampiresca. Él, Mordedor, estaba orgulloso de su cinturón negro en Bei-Sun-Dsaug. ¿Y el hijo del barón? No, a ése no se le podía tomar en serio. ¡Un vampiro rubio! Hasta los murciélagos se partían de la risa. Él, el temido Mordedor, no debía preocuparse por esa familia de vampiros de pacotilla. Los fuegos artificiales de relámpagos iluminaron el Castillo Colmillos y le facilitaron el aterrizaje. No, no es que necesitara una pista de aterrizaje iluminada, pero el resplandor de los relámpagos le permitió aterrizar con su estilo inconfundible. A Mordedor le hubiera encantado tener público y lucir sus dotes voladoras, pero justo en el momento que puso los pies en el suelo se desprendió una teja. Mordedor resbaló con ella, perdió el equilibrio, y rodó hasta llegar al alero del tejado. En el desesperado intento de asirse, consiguió quedar colgado de una gárgola que impidió que se precipitase al vacío. Un grueso chorro de agua salía de la gárgola, pero a Mordedor no le molestaba estar mojándose, pues ya estaba empapado. Tampoco estaba asustado por el precipicio que se dibujaba bajo sus pies (el ser un excelente aviador lo eximía de sentir vértigo). Era la ridícula situación en la que se encontraba la que lo hacía hervir de rabia. El sentirse tan ridículo era lo más terrible que podía haberle pasado. Prefería convertirse en vegetariano o hacer algún curso nocturno para aprender a cuidar a bebés, que sentirse tan ridículo. Además, la cara de la gárgola de la que colgaba tenía un increíble parecido a Enano Diente. ¡Eso se lo haría pagar caro en la próxima ocasión! Por suerte, por lo menos se alegraba de no disponer de público.

Hábilmente trepó por la gárgola, se paseó por el tejado y se paró delante de un hueco. Se quitó las gafas de sol, se deshizo de las grandes alas desplegables y se introdujo en el Castillo Colmillos. Su mal humor era peor que malo.

A Mimí, el murciélago doméstico, le hubiera gustado más ser un perro casero. Así le habría bastado con ladrar y no tendría que ir volando a anunciarle a su dueño que otro invitado había llegado al castillo. Odiaba las noches con tanto movimiento de extraños.

4
En el Colmillo

El cuarto capítulo se titula «En el Colmillo», porque es más corto que «El recapturador del cazador de vampiros». En este capítulo aparece un nuevo personaje. El número 23. Aquí el narrador emplea un truco poco galante, pues termina el capítulo cuando está de lo más emocionante. Lo hace porque quiere que los lectores perezosos y las lectoras dormilonas sigan leyendo hasta altas horas de la madrugada.

Para que en el duelo el barón y el Estacador tuvieran más espacio se trasladaron todos a la gran antesala.

La baronesa intentó convencer a su marido de que se abstuviera de participar en el duelo. Utilizaba los argumentos de la alta presión sanguínea que padecía, de que no estaba en buena forma física y de que se trataba de un enfrentamiento demasiado peligroso. Decía que permitir la pelea era retroceder a costumbres bárbaras, además de una falta de educación indigna para su persona, y añadió ¡que dejara de comportarse como un niño!

Todo fue inútil. El ofendido barón contestó:

—Tú no puedes entenderlo. Esto es cosa

de hombres. Es mi deber salvar el honor de nuestra familia.

Otra de esas frases de las que el barón Colmillos estaba muy orgulloso.

Entonces la baronesa alzó resignada las manos al cielo mientras murmuraba algo así como «viejo loco que chochea», pero nadie entendió exactamente sus palabras.

Sigfrido también intentó convencer a su padre de que no siguiera adelante. Le propuso arreglar la ofensa hablando, le pidió que pensara en su condición de padre y cabeza de familia y que, por tanto, no pusiera en peligro su vida. Además, no era tan complicado, lo único que tenía que hacer era perdonar al Estacador.

El barón negó enérgicamente con la cabeza y, en su papel de padre severo, dijo:

—Hijo mío, tú no entiendes nada. Eres demasiado joven. Intento recuperar el honor perdido de nuestra familia.

Hasta el señor Blünzli, al que le tenía sin

cuidado el asunto, metió cucharada. Él tiró por la vía de los motivos comerciales, como un seguro de vida o de accidentes, y de que tal carnicería sólo serviría para dar una mala publicidad del castillo. El barón también le hizo callar argumentando que él no sabía nada de vampiros y que estaba en juego el honor familiar.

La bisabuela baronesa Zsa Zsa era la única que se mostraba de acuerdo con la decisión de su hijo. Para la ocasión se había puesto un vestido de terciopelo largo hasta los tobillos, de color sangre, y dándole unos golpecitos amistosos en el hombro lo animaba diciendo:

—¡Sí señor, Vladi! Un duelo de sangre de estas características es al más genuino estilo vampiresco. Me siento muy orgullosa. Y tu magnífico tatarabuelo Dentellada en el Cuello también se sentiría orgulloso. ¡Demuéstraselo y pónselo difícil al Estacador! ¡Ánimo, campeón!

Mademoiselle Chicbinié contemplaba los hechos desde su vertiente deportiva. Había encontrado una escalera de tijera por algún rincón del castillo, y se había sentado encima como un árbitro en un partido de tenis. No quería perderse ningún detalle.

El cochero, aún en el colgador, no opinaba, sólo dormía.

Hansi trajo un cargamento de velas para iluminar el campo de batalla. Tenían el tamaño de un tronco de árbol, aunque incluso así la mayor parte de la gran sala quedó a oscuras.

Los dos adversarios se prepararon en silencio para el combate.

El Estacador sacó de su bolsa una ancha cartuchera que se colgó a la cintura y se ató la funda de la pistola a la pierna.

El barón se quitó la capa y dejó que le colocaran dos grandes alas de vampiro negras, brillantes y sedosas, en la espalda. Blandió las alas para probarlas. Provocó tanta corriente de aire que apagó una docena de velas y casi tiró a la institutriz de su escalera.

El Estacador sacó un revólver de mega tamaño de la bolsa y lo enfundó en su cinturón. Lo desenfundó un par de veces a una gran velocidad y lo hizo rodar en su dedo índice. Verlo era impresionante.

El barón Colmillos dibujó una mueca helada. Con una pequeña lima, que guardaba en un bolsillo de su chaleco, se retocó sus colmillos que ya estaban afilados. Para comprobar si cortaban, mordió la lima de acero y la agujereó, sin esfuerzo alguno, como si se tratase de un queso tierno. Miró al público reclamándoles admiración.

Impasible, el Estacador abrió una botella con agua bendita y mojó seis afiladas estacas de encina, con las que cargó el revólver. El cargador funcionaba a la perfección y lo demostró haciéndolo voltear. Guardó unas cuantas estaquitas en la cartuchera.

El barón hizo un gesto de desprecio. Dejó

que Hansi le abrochara una plancha de acero cubierta de felpa negra sobre el pecho. Era una armadura antiestacas.

Tom Tex se ató una ancha cinta de piel llena de pinchos de hierro al cuello. La llamaba el collar antimordiscos.

El barón hizo una serie de ejercicios de calentamiento.

El Estacador se puso un guante de cuero negro sin dedos en la mano del revólver.

El barón se subió las mangas.

El Estacador se puso un tallo de ajo fresco en la comisura de los labios.

Por fin podía dar comienzo el duelo.

Se oyeron sonar las doce campanadas. Don Blünzli miró su reloj y asintió. El cochero rompió el tenso silencio con su conocido «¡sooo!», y después siguió durmiendo.

Como si eso hubiera señalizado el inicio, el barón Colmillos se agachó, estiró sus alas negras, hizo rechinar los dientes y avanzó lentamente hacia su contrincante. Sus ojos lanzaban destellos de color rojo.

Sin prisas, casi indiferente, el Estacador también se fue acercando al barón. Su mano descansaba sobre el revólver, como la garra de un ave de rapiña, dispuesta a desenfundar y a disparar con rapidez en cualquier momento. Caminaba erguido, con la cabeza ligeramente inclinada hacia delante, y con los ojos semicerrados como rendijas.

Cada paso que daban ambos retumbaba y levantaba una gran nube de polvo.

Les separaban 200 metros.

Después 100.

Después 50.

Después 25.

Después 12,50.

Después 6,15.

Después llamaron a la puerta.

La atmósfera de suspense que tanto había costado conseguir se fue al diablo. El duelo también. El barón Vladimir murmuró que ya no se podía tener intimidad para nada, y la baronesa le ordenó a Hansi:

—¡Mira a ver quién es! Y si es un representante de aspiradores no le permitas la entrada.

No era ningún representante de aspiradores. Era un hombre pequeño, con gruesos anteojos, que se agarraba fuertemente con ambas manos a un bastón de paraguas. Estaba decorado con flores acuáticas de diferentes tipos (lástima que estuvieran un poco marchitas) y daba vueltas con pasos pequeños pero levantando exageradamente las piernas. Mientras se le oía contar: «27.814, 27.815, 27.816...»

Al barón le bastó una rápida ojeada por el patio del castillo para saber qué había pasado. Hansi había desplazado una gran piedra, bajo la cual se veían cientos o miles de escalones, que se perdían en la profundidad.

—¡Ajá! —observó—. Un claro caso del síndrome de la escalera de caracol.

Cogió al afectado, que aún daba vueltas, y lo hizo girar como un tiovivo en dirección contraria. Cuando el hombre logró parar, seguía mareado, pero la enfermedad giratoria parecía haber remitido. El barón Colmillos lo invitó a entrar.

—Permítanme presentarme —dijo el hombrecillo—. Soy el doctor Gummsky Zelleskovitch, director de la clínica de salud mental de la región.

—¡No! —respondió contundentemente una voz femenina.

Todos miraron a *mademoiselle* Chicbinié, que aún estaba sentada en lo alto de la escalera.

—¿Qué significa ese «no»? —preguntó don Blünzli.

—*Chéres dames, chéres messieurs* —se justificó la institutriz con determinación—. Por hoy ya he tenido suficientes presentaciones. Sencillamente me niego a presentarlos ante el señor Gummsky Zelleskovitch, director de la clínica de salud mental de la región, y a presentarles a ustedes al señor Gummsky Zelleskovitch, director de la clínica de salud mental de la región. Sin contar a Hansi y al cochero, hacen un total de 16 «me permito presentarles...». *S'il vous plait,* ahórrenmelo. A propósito, ¿no podríamos seguir con el duelo? Estaba tan emocionante...

No había tiempo ni para pensar en el duelo. Las presentaciones fueron un éxito, incluso sin la colaboración de la institutriz.

—Bienvenido a Colmillos —anunció el barón Colmillos.

—No pretenderá que me crea que, después de lo que me ha costado llegar hasta aquí, soy bienvenido.

—Puede estar seguro de ello. No por ser el último se merece usted menos.

—¡¿Con este «menos», no se estará refiriendo a las escaleras que he tenido que subir, verdad?! —el hombrecillo mostraba su enfado.

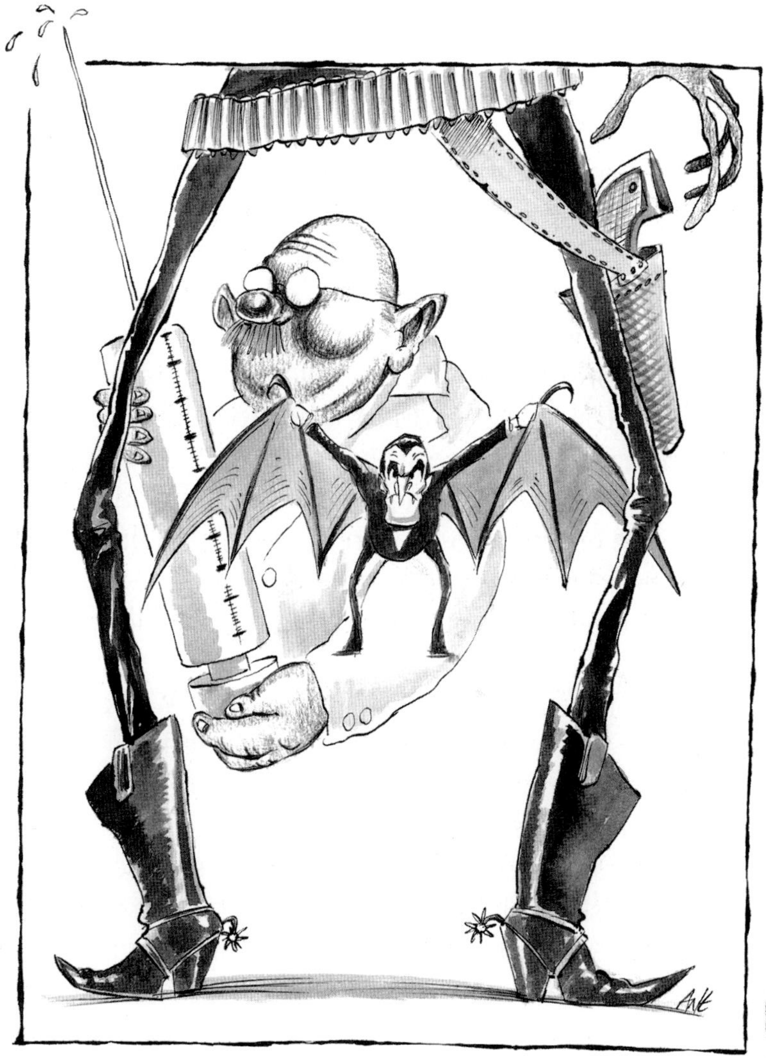

—No, hombre, no, mejor entonces quédese con la expresión «los últimos serán los primeros», y agradezca que, estando en las últimas como está, siga siendo bienvenido —le respondió alzando la voz el barón.

Se produjo un molesto silencio. Entonces el doctor se echó una mano a la cabeza y empezó a reírse como un loco.

—Eso es exactamente lo que me decía mi madre cuando yo era un niño: «Los últimos serán los primeros»...

Todos respiraron tranquilos y se unieron a sus risas.

Hansi fue el único que no se rió. Y el cochero tampoco, pues seguía durmiendo.

Hansi improvisó una sala de estar trayendo sillas, sillones y sofás. Mientras todos los presentes se ponían cómodos, el doctor Gummsky Zelleskovitch, a la vez que limpiaba sus anteojos, empezó a explicar el motivo de su visita.

—Miren ustedes, en mi centro tengo los

casos de enfermedades psiquiátricas más extraños. Pero hay un caso, que hace poco que ingresó, que supera a cualquier otro de los que he podido explorar en mis muchos años de experiencia. Este paciente, y ahora les ruego que no se rían de ello, cree, sin lugar a dudas, en la existencia de vampiros. Seguro que no dan crédito a mis palabras, pero les aseguro que es totalmente cierto.

—Pero... —intervino Franziska.

—Ahora no, joven dama. Responderé a sus preguntas al final de mi exposición —y prosiguió el doctor—: Como iba diciendo, esa persona cree en los vampiros. En mi centro hay pacientes que creen en los conejos de Pascua, en la cigüeña y en platillos volantes. De todos ellos podemos decir que son casos inofensivos... ¡Pobres locos! Pero este otro loco que está obsesionado con los vampiros es superpeligroso. Su demencia lo lleva a intentar clavar afiladas estacas de madera en el corazón de otras personas. Ustedes comprenderán que un caso de esta envergadura no puede dejarse suelto...

—Pero... —interrumpió Franziska que a su vez fue interrumpida por el doctor.

—Un poquito más de paciencia, estimada señorita, ya termino. A este paciente lo mantenía bien custodiado: celda acolchada, camisa de fuerza y alguna que otra inyección sedante. Pero consiguió, y no me pregunten cómo, escaparse del centro. Yo, evidentemente, considero mi obligación volver a capturarlo antes de que cometa algún daño irreparable. Porque, para él, cualquier persona pálida, o que tenga algún colmillo torcido, o que tenga los ojos irritados por una infección es un vampiro en potencia. Según cuentan las leyendas y el saber popular, son tres síntomas infalibles, y en esos casos, él ataca sin piedad con su estaca afilada.

—Pero... —Franziska volvió a intentarlo.

—Entiendo —le cortó el doctor— que le sea difícil como persona ilustrada creerse todo eso, pero escúcheme hasta el final, por favor. Intentaré ir al grano: tengo motivos suficientes para suponer que ese loco se encuentra por estos parajes, incluso podría hallarse en este mismo castillo. Su nombre es Tom Tex y se hace llamar el Estacador. Se da a conocer como cazador de vampiros. Yo soy —añadió bromeando el doctor—, por así decirlo, un recapturador del cazador de vampiros.

Franziska reventó:

—Tom Tex el Estacador está aquí con nosotros, pero...

—¿Dónde? —gritó el doctor y sacó una enorme inyección sedante.

Todos volvieron la cabeza.

El Estacador había desaparecido.

De repente, Hansi empezó a berrear, fuerte y grave. Los invitados se sobresaltaron y se quedaron mirándolo.

La corriente de aire que provocó con su bramido hizo temblar la llama de las velas, que terminaron por apagarse. Hansi se agitaba de un lado a otro, aguantándose la barriga con las manos, y sin poder tranquilizarse.

—¿Qué te causa tanta risa, Hansi? —le preguntó el barón, y en un aparte, aclaró a los huéspedes que siempre se reía así.

Hansi empezó a hablar varias veces sin poder terminar la frase.

—Eso... del...

De nuevo se quedó atascado por el ataque de risa. Lo volvió a intentar.

—Eso... de ser el primero... cuando se llega el último...

Hansi se estaba tronchando de la risa.

—¡Qué bueno! —cacareó secándose las lágrimas.

—Hay que ver los progresos que hace —le comentó la baronesa a su esposo—. Antes Hansi se reía de los chistes pasadas dos semanas.

A pesar de que Hansi siguiera desternillándose de la risa, en realidad todos estaban preguntándose dónde diablos se habría metido Tom Tex el Estacador.

Bueno y... ¿dónde estaba el dichoso Estacador?

Con la aparición del doctor Gummsky Zelleskovitch, Tom Tex había valorado objetivamente la situación y tomado una decisión urgente. Cogió un candelabro y desapareció en la oscuridad de la gigantesca sala.

El Estacador no era un cobarde. Era realista. Había reconocido que se encontraba entre dos frentes. Por un lado, el barón Colmillos, cuyos afilados dientes no podían infravalorarse; y por el otro, el doctor, un verdadero maestro en la utilización veloz de inyecciones sedantes. El Estacador lo sabía por propia y dolorosa experiencia. Odiaba las inyecciones. Tras unas deliberaciones estratégicas, convino que lo prioritario era retirarse cuanto antes.

Nunca mejor dicho, puso pies en polvorosa, pues cuanto más se alejaba de las sendas más frecuentadas del castillo, más gruesa era la capa de polvo que cubría el suelo. Cuando alcanzó el final de la sala, el polvo le llegaba hasta los tobillos.

Tom Tex tomó uno de los muchos pasillos que salían de la sala. Ahora el polvo le cubría hasta las rodillas. Había trechos en los que llegó a hundirse tan hondo, que tuvo que coger el revólver y sostenerlo por encima de su cabeza, como si atravesara un río, para evitar que éste pudiera estropearse.

Del techo y de las paredes colgaban telas de araña, que parecían cortinas finamente tejidas, y que, con su espesura, dificultaban la marcha del Estacador. Pasó por muebles carcomidos y que con sólo rozarlos se convertían en más polvo. De las paredes colgaban oscuros cuadros que, cuando no estaban cubiertos de telarañas, mostraban muecas terroríficas de vampiros con largos dientes ensangrentados. Otras veces tuvo que trepar por estatuas quebradas de mármol negro que le cerraban el paso a otros pasillos.

En un gran salón, que debería tratarse de la olvidada sala de *fitness* del castillo, encontró aparatos con pesadas alas de murciélago a los que podían añadirse pesas de diferentes medidas y pesos. Llevaban integradas indicadores de peso para que el usuario pudiese controlar su condición física en los vuelos de largo recorrido. Del techo colgaban maniquíes a modo de sacos de arena. Pendían de sus cuellos dianas. El centro de éstas coincidía con la yugular y estaba remarcado con un círculo en rojo.

En su excursión por el laberinto de pasillos, salones, escaleras y habitaciones, el Estacador también descubrió una biblioteca. Las estanterías, desde el suelo hasta el techo, estaban repletas de gruesos libros forrados en piel. Había algunas mesas carcomidas y un montón de libros desparramados por el suelo.

Es el momento de advertir al lector que el Estacador, aun siendo un poco basto y de apariencia ruda, era una persona sensible y muy sentimental, que amaba los libros por encima de todas las cosas. Es por ello que no pudo evitar echar una ojeada a algunos títulos.

Soplando grandes nubes de polvo de algún ejemplar, descubrió verdaderas joyas, por lo menos para los amantes de la literatura extravagante: *El gran libro del adiestramiento de murciélagos; Éxtasis de sangre. Una guía para el* gourmet *de los restaurantes y bodegas de sangre en Transilvania; El reloj tocó las doce del mediodía: historias espeluznantes para pequeños vampiros; De la belladona a la coscoja: la cocina bio para una alimentación vampírica sana; Al vampiro del piano le encanta el Soberano: canciones para fiestas vampirescas, etc.*

Tom Tex estaba hojeando *Enmordidas y xuparescas,* poemas en el dialecto de los Cárpatos, cuando escuchó acercarse unos pasos amortiguados. Veloz guardó el libro entre el *Diccionario ilustrado de alimentación para ogros* y el *Manual de la cría de las sanguijuelas*. Con gran pesar abandonó la biblioteca. Al hacerlo casi tropieza con la edición de lujo de *Los primeros auxilios en casos de estacadas.*

Levantando nubes de polvo, Tom Tex siguió enfilando estrechos pasillos. Tenía que ir apartando mechones de telarañas que se le pegaban en la cara y que le impedían ver el camino. Se paró delante de una bóveda de techo bajo y se asomó.

La estancia estaba llena de ataúdes. Se encontraban expuestos en hileras y amontonados. Había restos de osamentas, pero la gran mayoría estaban vacíos. Los estragos del tiempo y la carcoma habían maltrecho las en otra hora ostentosas cajas. A algunos ataúdes les faltaba la tapa, o el fondo, o las paredes. Y cómo no, estaban cubiertos por una manta de polvo y cortinas de telarañas.

El Estacador volvió a oír los pasos. Parecía que se acercaban a la bóveda. Dejó el candelabro sobre un ataúd y comprobó que el revólver estuviera en su sitio. Después esperó conteniendo la respiración.

Con gran estrépito se abrió una puerta en el otro extremo de la sala. Envuelto en una gran nube de polvo apareció grande y esparrancado: Mordedor.

5
Enano Diente viaja en cuarta clase

El quinto capítulo se titula «Enano Diente viaja en cuarta clase». En este capítulo, por fin, aparecerán la luna llena y la niebla. ¡Cosa que ya iba siendo hora! También conoceremos a nuevos personajes, sumando un total de 29. Casi al final, la acción presentará otro momento culminante, así que no quedará más remedio que seguir leyendo en lugar de poder irse a dormir temprano para madrugar a la mañana siguiente.

La cocinera del cura levantó la sartén. El grupo de campesinos y aldeanos frenó en seco, jadeando. La cocinera ordenó que se hiciese un pequeño descanso, porque se había quedado sin aliento, por la empinada cuesta que subía hasta el castillo, y porque quería que su destacamento tomara fuerzas para el asalto final.

La lluvia había amainado un poco. Aún tronaba y relampagueaba a lo lejos, pero la luna intentaba hacerse un lugar entre las nubes. El regimiento estaba de pie, apoyado en las armas, tiritando de frío e inmerso en sus pensamientos.

La pasión ardiente de las primeras horas se había enfriado y evaporado. Era cierto que esos vampiros del Castillo Colmillos eran asquerosos y lúgubres, pero también era verdad que no solían meterse con los habitantes de los alrededores. Además, durante la época de la matanza del ganado se podían cerrar muy buenos tratos con ellos. Cuando se trataba de sangre, morcillas y derivados, no escatimaban en dinero.

Pero de vez en cuando estallaba la ira popular. En caso de acumularse las desgracias, como los destrozos por el granizo, las inundaciones o la peste porcina, bastaba encontrarse un cordón de zapato arrancado, un orinal roto o una botella de agua caliente desaparecida, para considerarlo la gota que colmaba el vaso. Entonces se buscaba a un chivo expiatorio. ¡Y quién mejor que los vampiros! También les hubiera calmado una refriega en la taberna. Por eso, el tabernero había sido uno de los promotores del asalto al castillo. Con ello protegía el mobiliario de la taberna y también un montón de jarras de cerveza.

Ya no muy lejos de allí se alzaba el Castillo Colmillos, envuelto en una niebla creciente. Incluso al sepulturero se le puso la piel de gallina. Como estaba muerto de miedo preguntó, muy bajito:

—Por cierto, ¿los vampiros dónde tienen el corazón?

El profesor se giró y murmuró:

—No se sabe con exactitud. Pero, el otro día, leí en un libro que lo tienen donde nosotros tenemos el hígado.

—Ajá —contestó el sepulturero—, ya me parecía a mí que no podían tener el corazón en su sitio. Hay que pasar la voz para que todos sepan dónde pinchar correctamente.

Se giró y le cuchicheó en la oreja al secretario de la alcaldía:

—Los vampiros tienen el corazón donde nosotros tenemos el hígado. ¡Pásalo!

El secretario pasó la voz. Cuando esta importante información llegó a las últimas filas, sonaba más o menos así:

—Los zafiros tienen la razón donde nosotros tenemos el visado. ¡Empápalo!

El herrero le gritó al campanero, que estaba un poco sordo, en la oreja:

—Los latidos tienen salazón donde nosotros tenemos el privado. ¡Átalo!

Y el campanero le dijo al tabernero:

—Los bandidos tienen celofán donde nosotros tenemos el vado. ¡Mátalo!

El tabernero se sacó un diente de ajo de la oreja y preguntó:

—¿Qué?

El campanero se lo repitió y entonces éste le dijo a la esposa del capitán del Cuerpo de Voluntarios de Bomberos:

—Los vahídos no sienten caparazón donde los potros se van a nado. ¡Sácalo!

Y ésta al gendarme:

—Los habidos no entienden de chaparrón donde los otros se ven elevados. ¡Ráptalo!

El gendarme se giró, pero detrás de él ya

no había nadie más. Sólo un abeto robusto y corroído.

Todo el mundo había sido informado, había recuperado el aliento y el pulso se había normalizado. La cocinera estaba a punto de dar la señal de proseguir la marcha, pero dudó un momento. Su instinto de generala le decía que faltaba algo o alguien. Faltaba el gendarme. La cocinera buscó con la mirada. Entonces lanzó la sartén con fuerza en dirección a la copa del abeto robusto y corroído. A continuación se oyó un sonido sordo y un grito de dolor, y el gendarme cayó rodando al suelo.

—Me subí para tener mejor perspectiva —se justificó éste.

Algún gracioso bromeó:

—Tú tienes el corazón donde nosotros tenemos el trasero. ¡Hombre bravo!

Sólo se oyó reír a unos pocos, pues el castillo estaba ya muy cerca. La cocinera agarró al gendarme por el cuello y dio la señal con la sartén. El grupo prosiguió su marcha. La cocinera iba empujando al gendarme, mientras se juraba que no volvería a soltarlo del cuello.

Alejada del grupo y abriendo la marcha, se encontraba la bomba de relojería con hipo llamada Willi el Borracho, y había subido de volumen.

La terrible banda de Mordedor también se preparaba para el ataque. La tropa salvaje aún se encontraba junto al carruaje volcado, pero estaba hambrienta y de sus fauces salían mares de saliva. La sangre caliente y humana no se hallaba muy lejos de allí.

En ausencia de Mordedor, Wanja el Ogro había tomado el mando. Sin contar al *boss*, él era el único capaz de mantener a raya a ese caótico tropel, aunque fuera por poco rato. Wanja olfateó por última vez y dio la señal de levantar el campamento. Seguramente, a esas horas, el *boss* ya habría terminado con los preparativos en el castillo y estaría a punto de dar a su banda la señal de salida. No debían hacerlo esperar.

Wanja echó una ojeada al grupo. Satisfecho con el desorden reinante aulló hacia el cielo tormentoso. Ésa era la señal de partida.

A Enano Diente sólo le estaba permitido viajar en cuarta clase. Iba colgado de la cola del jamelgo cojo que cerraba la comitiva. Iba balanceándose de un lado a otro. A veces recibía una coz; y otras, se llenaba de barro. Además, el animal en cuestión tenía bastante mala idea, pues tenía la costumbre de defecar mientras andaba, y no sólo eso, también se tiraba pedos hediondos en todo momento. Y si eso fuera todo..., pero, desvergonzadamente, el caballo inmundo de vez en cuando se giraba y miraba al enano con sorna mientras relinchaba malicioso. Y él ni tan siquiera podía taparse la nariz. Lo que hacía era cogerse con más fuerza y con las dos manos a la cola de la bestia.

Estaba acostumbrado a las vejaciones, pero el simular que le gustaban era sólo pura apariencia. Su «*Porfi, porfi,* un poco más» era la táctica que utilizaba para que le dejaran tranquilo. Si les hubiera pedido que lo dejaran en paz, los otros aún se habrían aprovechado más de sus penas, pues no querían darle ninguna alegría ni hacerle ningún favor.

Enano Diente suspiró. Su vida había sido un valle de lágrimas. Creció huérfano, fue torturado por unos padres adoptivos despiadados, los de su edad le daban palizas y lo usaban como blanco de sus burlas, y finalmente, acabó en la banda de Mordedor haciendo unas veces de pelota de fútbol, otras de baloncesto o de balonmano. Nunca había tenido un amigo, alguien que le protegiera o que simplemente le quisiera un poquito.

En su vida sólo había sentido una vez lo

que era afecto. Había cuidado con mucho amor a un pequeño murciélago al que se le había roto un ala, y le había curado la herida. ¡En aquel campanario de una iglesia abandonada había pasado los mejores días de su vida! Lo había alimentado con insectos y el murciélago se le había estrechado cariñosamente contra su cuello. Pero en cuanto estuvo curado, se fue volando. Enano Diente no lo volvió a ver nunca más.

Una lágrima caliente se le deslizó por la mejilla. A través de las patas del caballo y los salpicones de barro, Enano Diente pudo entrever el Castillo Colmillos.

En la bóveda de los ataúdes estaban uno frente al otro: Estacador y Mordedor. Estacador no sabía que su contrincante era el famoso Mordedor, jefe de la malvada banda y uno de los más temidos vampiros de toda Transilvania. Y Mordedor no tenía ni idea de que se enfrentaba al también famoso Estacador, uno de los más desalmados cazadores de vampiros del norte de los Cárpatos. Pero el instinto les decía a ambos que se hallaban ante un adversario de igual talla. Sabían que se trataba de vida o muerte, de ser o no ser. Se trataba de corazón o cuello.

—Has escogido un lugar polvoriento para morir, gringo —dijo aburrido Mordedor mientras se lustraba sus largas uñas con la capa.

—*Yeah* —le respondió el Estacador alargando las vocales—. El polvo irá muy bien, forajido, para absorber la sangre que pronto caerá a chorros de tu corazón.

A cámara lenta se pasó la ristra de ajos de una comisura a la otra.

Estas conversaciones suelen ser habituales antes de los grandes tiroteos. Sirven para espantar el miedo de uno mismo y aumentar el del adversario con ficticia tranquilidad.

Aunque ambos estén asustadísimos. También es una estrategia para conocer mejor al contrincante, valorar sus puntos fuertes, sus puntos débiles y sus intenciones. En el caso del Estacador y de Mordedor también daba la casualidad de que ambos amaban las novelas de *cowboys* (aunque ninguno de los dos lo sabía). En esas novelas los diálogos discurren de forma similar a como los hemos reproducido aquí. Sólo que el escenario es una polvorienta calle de un pueblo, y el duelo tiene lugar bajo un sol de mediodía achicharrante.

—¿Oh, *yeah?*—se mofó Mordedor—. Es una suerte que haya tantos ataúdes. Escoge uno, amigo, y ya me encargaré yo de buscar después una tapa.

—¡*Yeah!* —dijo el Estacador y bostezó—. No se dará el caso, hombre, antes te llenaré el cuerpo con estaquitas de encina. Después te podrán exponer como puerco espín de madera.

—¡*Yeah!* Y yo con mis dientes te convertiré en un colador, muchacho, que tendrá tantos agujeros que ni siquiera servirá para colar nada.

Los ojos rojos de Mordedor habían empezado a brillar con más intensidad. El Estacador sabía que tendría que ser capaz de esquivar el ataque eminente del vampiro.

Con un rápido movimiento, casi invisible, el Estacador desenfundó su revólver y apretó el gatillo. Una estaca empapada en agua bendita salió disparada en dirección a Mordedor, pero la facultad de reacción del vampiro también era de otro mundo. Rápido como un rayo se echó a un lado y la estaca se clavó en la puerta de entrada. Se oyó gritar a una carcoma. Mordedor aterrizó sobre una montaña de ataúdes que se derrumbó con gran estrépito bajo su peso. Un montón de ratas salieron despavoridas. Pero el vampiro se puso enseguida en pie y se preparó para despegar. De un salto voló hacia el Estacador. Éste no pudo volver a disparar su arma, pero se puso a salvo escondiéndose, con un impresionante salto del tigre, en un ataúd. El vampiro, con las fauces bien abiertas y preparado para el mordisco mortal, se lanzó tras él. Entonces el Estacador cerró la tapa del ataúd. Mordedor no tuvo tiempo de reaccionar y mordió la tapa. La madera crujió y se rompió en mil pedazos.

Al ataúd le faltaba una parte lateral y el Estacador salió rodando por ella. De un saltó volvió a ponerse enseguida de pie. Mientras tanto Mordedor trataba de desclavar las astillas de la tapa del ataúd de sus dientes. Al toser sopló serraduras y escupió cinco carcomas.

En ese lapso de tiempo, el Estacador recuperó del suelo el revólver que había perdido en su salto del tigre, y apretó el gatillo. CLIC, CLIC, CLIC. ¡Se había encasquillado! Una mueca sardónica iluminó la cara del vampiro. Con un ágil movimiento de capa apagó la vela.

En la oscuridad, el Estacador sólo podía

distinguir dos puntos de color rojo candente. Los puntos se le acercaban y se hacían cada vez más grandes. El Estacador huyó. Los puntos le siguieron. Fue entonces cuando Tom Tex sintió en su espalda una plancha de piedra. No podía seguir retrocediendo. Delante de él, los puntos rojos se convirtieron en círculos flameantes.

Sentía en su cara la respiración caliente del vampiro. Dos garras lo tenían agarrado del cuello e intentaban abrir el cierre de su collar antimordiscos. El Estacador cogió las manos de Mordedor e intentó con todas sus fuerzas apartarlas de su cuello. Empezó un terrible forcejeo.

La pelea entre el humano y el vampiro estaba durando mucho rato y no parecía que ninguno fuera a ganarla. Los músculos duros como el acero de Tom se pusieron tensos. Las venas se le dilataron hasta alcanzar el grosor de unas mangueras de riego. Las botas chirriaban e intentaban pisar suelo firme. Las respiraciones de ambos, jadeantes, crepitaban y silbaban. Gritos ahogados y maldiciones imperceptibles de Tom resonaron por toda la bóveda.

Para sorpresa del vampiro en uno de sus saltos consiguió aplastar al Estacador contra la pared. Con fuerza animal, fue aplastándolo cada vez más contra la plancha de piedra. La cara de Tom Tex estaba bañada en sudor. Le quemaban los ojos. Los del vampiro brillaban ahora en rojo violáceo. Los colmillos afilados estaban cada vez más cerca del cuello del Estacador.

Y entonces, la plancha de piedra cedió.

Mimí, el murciélago doméstico, suspiró. ¡Otra vez! ¿Acaso esta noche no se acababa nunca? Enfadado vio cómo se acercaba una hilera de lanzas iluminada con antorchas, y que iba precedida de un cada vez más sonoro HIP, HIP, HIP. Deseaba haber tenido un móvil a mano. Pero como todavía no habían sido inventados, desplegó sus alas y se dirigió a buscar a su señor.

El barón Colmillos estaba paseando, inquieto, de arriba abajo por el gran recibidor. Esperaba con impaciencia el regreso del Estacador para continuar con el duelo. ¡Qué grosero! Desaparecer de esa manera sin disculparse ni decir siquiera adónde iba. El agravio a la honra de su familia aún no había sido limpiado con sangre.

La institutriz seguía sentada en la escalera plegable muerta de aburrimiento. El señor Blünzli tenía hambre. La baronesa Valeska se estaba limando las uñas y regañaba a su esposo por no haberle hecho caso. El doctor Gummsky Zelleskovitch se limpiaba los anteojos. Zsa Zsa se cambiaba de ropa en su vestidor. Franziska estaba enamorada. Sigfrido estaba sonrojado, pero se sentía feliz, porque Franziska le cogía de la mano. Hansi continuaba de pie. El cochero dormía.

Mimí irrumpió de repente en ese melancólico bodegón. Se posó en el hombro del barón y le cuchicheó algo al oído.

—El pueblo va a la caza de chivos. Chivos expiatorios. No sufran, como es tradición, van a matar a un chivo —explicó después el barón a los presentes.

A modo de aclaración, añadió:

—De vez en cuando, a los campesinos y aldeanos les hierve la sangre y necesitan dar salida a su agresividad. Se envalentonan, se arman con cualquier utensilio afilado e intentan asaltar el castillo. Pero no existe ningún motivo por el que preocuparse. En los más de 800 años de historia del Castillo Colmillos sólo lo consiguieron una única vez, porque la familia que habitaba el castillo por aquel entonces no estaba en casa; se había ido a un *sangrenario.*

Los huéspedes suspiraron tranquilos. En

realidad, como humanos no tenían nada que temer, pero si se veían envueltos en la trifulca, era bastante probable que no se dignaran a fijarse en las leves diferencias habidas entre los humanos y los vampiros. Además estaban en contra de la violencia.

—¡Hansi, el puente levadizo! —ordenó el barón.

—El puente levadizo, con mucho gusto —respondió Hansi, y se fue.

El hombro de Hansi golpeó el gran portón de la entrada, que se balanceó un poco, pero no llegó a desplomarse.

Pasado unos instantes se oyó trajinar a Hansi.

¡CLIRR, CLIRR, CLIRR!

La cadena quedó recogida.

¡CRRR, CRRR, CRRR!

Las ruedas dentadas giraron.

¡ÑEC, ÑEC, ÑEC!

Los goznes no estaban engrasados. Y de repente, un claro:

¡ÑIIICCCC!

Después un zumbante: ¡KRRRRRRRR!, y un agudo: ¡ÑEEEEEEC! Para terminar con un sordo: ¡BROOUUMMM!

Todos se miraron expectantes. Entonces apareció Hansi. Con sentimiento de culpa mostró una cadena rota que colgaba de sus manos.

—Hansi —le increpó severo el barón—. ¿Significa eso que has roto la cadena y que el puente levadizo ha vuelto a deslizarse y que ahora el Castillo Colmillos está a merced de esa chusma histérica?

Hansi necesitó unos segundos; después asintió.

El barón parecía preocupado.

—¡Síganme! ¡Sólo la terraza del tejado nos ofrecerá cierta protección y seguridad! —gritó.

Agarró un candelabro y se dirigió rápidamente, a la luz de las llamas danzantes, escaleras arriba. Los demás le siguieron. Sólo el cochero se quedó atrás. Pero éste no se había enterado de nada. Dormía.

Por la escalera, se cruzaron con Zsa Zsa. La abuela baronesa llevaba puesto un vestido de tirantes ajustado de seda, a rayas verdes y amarillas, que combinaba con un delicadísimo *top* sin mangas color azul real y que llamaba la atención por su refinada sencillez.

—¿A la terraza del tejado? —se quejó ofendida—. ¿Por qué nadie me ha dicho nada? Mi modelo de ahora no es el adecuado.

Regresó contorneándose a su vestidor.

El resto siguió volando los pasos del barón. En su camino pasaron por amplias escaleras de piedra, crujientes peldaños de madera, empinadas rampas, escaleras de caracol retorcidas, escalones podridos, cuerdas de escalada roídas, escaleras suecas inseguras, puentes colgantes, ascensores de manivela, escaleras de cuerda, escaleras mecánicas estropeadas y peligrosas rocas.

El barón les daba prisas. Valeska sudaba. El señor Blünzli resoplaba. El doctor Gummsky Zelleskovitch contaba resignado los escalones. Hansi a su paso iba derrumbando pasamanos. Sigfrido ayudaba galantemente a Franziska en los tramos más difíciles. La institutriz murmuraba *«¡Quel horreur!»* cada vez que un escalón se derrumbaba a su paso cayendo al vacío.

La terraza del tejado era cuadrada y estaba cubierta con guijarros blancos. Era el lugar más elevado del castillo. Sólo una torre en la esquina noreste de la terraza la sobrepasaba en unos cientos de metros. En la terraza había varios *paralunas* y tumbonas. Las jardineras estaban llenas de rosas de sangre color violeta en plena floración.

La vista era impresionante.

La tormenta se había alejado. Sólo quedaban algunas nubes negras, y a lo lejos se oía algún que otro trueno. Brillaba la luna llena. La niebla ascendía de los valles. Se veía toda la cadena montañosa de los Cárpatos del sur, y hasta se podía contemplar la cumbre más alta de los Cárpatos del este, y por detrás de ellos el horizonte plateado del Mar Negro.

Casi al unísono se oyó un «¡ohhhh!», que mostraba la fascinación de los invitados por lo que estaban viendo. Sólo *mademoiselle* Chicbinié soltó un: *«Oh la lá»*. Franziska ni siquiera se percato del paisaje; sólo tenía ojos para Sigfrido.

Minúsculo, en las profundidades, vieron cómo se iba acercando el séquito de antorchas de los campesinos y los aldeanos. Del lado contrario, y casi invisible, debido a la niebla y la falta de antorchas, divisaron también la comitiva de la malvada banda de Mordedor. Se acercaba al castillo a una gran velocidad.

—¡Estamos apañados! —comentó preocupadísimo el barón.

—¡Tú eres el que está apañado! —le respondió fríamente la baronesa Valeska—. Tendrías que haberte preocupado por las reparaciones del castillo a su debido tiempo. Pero como nunca me haces caso... El puente levadizo no está ni siquiera izado, así que esa pacífica concurrencia de allá abajo sólo tiene que entrar en el castillo. Y ten por seguro que no se limpiarán los pies antes de entrar. Pero tú no tienes otra cosa en la cabeza más que salvar tu honor mediante duelos infantiles...

Un terrible estruendo interrumpió su discurso. Una pesada losa de piedra se derrumbó del grueso muro y cayó en la terraza. Por el boquete aparecieron rodando dos figuras enzarzadas entre sí y sucias de escombros. Ambas se pusieron a cuatro patas. El Estacador y Mordedor se miraron fijamente, uno frente al otro.

Zsa Zsa hizo su aparición de puntillas por la escalinata que conducía a la terraza. Estaba deslumbrante con un modelo de fiesta de seda de moaré, con un diseño blanco y negro de cebra con profundas aberturas y un escote exagerado. Los accesorios (unas gafas rosas modelo *Butterfly* y las botas de goma negras) le daban el toque final.

—¡Oh, un nuevo juego! —dijo con voz melosa cuando vio a Mordedor y al Estacador de rodillas en el suelo—. ¡Qué desconsiderados, empezar sin mí!

Ninguno de los dos hizo caso a la abuela baronesa, y siguieron mirándose fijamente con las bocas abiertas de par en par. De repente, el Estacador se fijó en la mano izquierda de Mordedor. Reconoció el brillo del anillo de plata con la hematites rojiza. Se trataba del mismo anillo que Tom Tex había descubierto en la repisa de la chimenea. El Estacador se fijó detenidamente en la cara de Mordedor.

Vacilante preguntó:

—¿T... T... Tim?

Y Mordedor tartamudeó en voz baja:

—¿T... T... Tom?

Después la sonrisa del reconocimiento iluminó ambos rostros. La sonrisa se fue ensanchando y, al final, los dos lucían la misma sonrisa de oreja a oreja. Entonces pasó algo sorprendente.

Se pusieron de pie, uno frente al otro, y empezaron a *rapear* los versos de lo que parecía un poema infantil. En cada palabra acentuada se golpeaban la mano derecha con la izquierda:

«¡Tim y Tom,
cómo son,
mirad a los dos hermaaaaaaanos.
Tom y Tim.
No tienen fin.
Tex, Tex, Tex, Tex.
¡Cha cha cha!»

Con la palabra «hermaaaaaaanos», el uno tiraba de la nariz del otro, y con «Tex, Tex, Tex, Tex», se daban la espalda, y al ritmo de «Cha cha cha» entrechocaban sus traseros.

Se fundieron en un abrazo. Entonces el resto explotó en aplausos atronadores y bravos entusiasmados, y Zsa Zsa gritaba:

—¡Yo también quiero, yo también! ¡Ahora me toca a mí!

Los dos hermanos saludaron al público y Tom, un poco avergonzado, confesó:

—Un pequeño juego de nuestra infancia.

Pero entonces orgulloso exclamó:

—Me permito presentarles a Tim Tex, mi hasta ahora desaparecido hermano mayor.

Los presenten lloraron emocionados.

La institutriz suspiró resignada. Había calculado dieciocho «me permito presentarles...», pero no se dio el caso porque el barón anunció:

—¡Tenemos que celebrarlo! ¡Hansi, trae el cava rosado!

—¡Cava rosado, con mucho gusto!

A su paso cayeron algunas *paralunas* y tumbonas.

Con la excitación, el barón Vladimir se

había olvidado totalmente del duelo. No era rencoroso y, como Tom Tex se había disculpado por haberlo acusado de la muerte de su hermano, le encantó renunciar a limpiar con sangre el honor familiar.

Los hermanos Tex fueron avasallados a preguntas. Pero la baronesa Valeska, que a pesar de la movida emocional aún conservaba la calma y era capaz de ver más allá, señaló hacia abajo y pronosticó:

—Creo que pronto empezará el espectáculo.

6
¡Vamp, oh, vamp!

El sexto capítulo se titula: «¡Vamp, oh, vamp!» Para evitar de entrada posibles discusiones por el título, se ofrece como única opción. Este capítulo huele a sangre, a sudor y a dientes de ajo. Mademoiselle *Chicbinié, profundamente conmovida, recitará acompañada por el alboroto de la batalla un poema del famoso poeta Heinrich Heine.*

Willi el Borracho se había convertido en un problema. El séquito de campesinos y aldeanos había llegado al Castillo Colmillos y el hipo de Willi, que aumentaba cada vez más de volumen, podía delatar la operación antes de lo previsto y ponerla gravemente en peligro.

El tabernero, valiente, corrió hasta la cabeza de la expedición, donde, colgado de una vara, Willi se tambaleaba e hipaba. El tabernero le echó media botella de aguardiente en el gaznate. ¡Eso fue definitivo! Por fin, Willi dejó de tener hipo, sonrió y se quedó mirando la luna con ojos vidriosos.

El tabernero regresó veloz y le pasó el parte a la cocinera del cura:

—¡Hipo suspendido! ¡Depósito repostado! ¡La victoria es nuestra!

Después, él mismo se tomó un trago de la botella para calmar el tembleque de sus rodillas.

La cocinera asintió levemente con la cabeza, como señal de que había recibido el mensaje, y con un gesto de sartén ordenó a sus seguidores que tomaran posiciones tras un muro en ruinas que se encontraba cerca del foso del castillo. Desde allí observó cautelosamente el castillo.

Su corazón daba brincos de alegría. La puerta de entrada no estaba custodiada y el puente levadizo no estaba levantado. Ya nada se interponía entre el éxito de la caza de los vampiros y ellos. Finalmente, el Bien ganaría sobre el Mal.

Ya estaba a punto de dar el sartenazo final para el ataque cuando se dio cuenta de que su mano agarraba el cuello de un uniforme, pero faltaba el gendarme correspondiente.

Conocedora infalible del comportamiento humano, la cocinera acercó su mano al borde del foso del castillo. Palpó un poco a tientas, y al rato, estiró al gendarme por los bajos del pantalón mientras éste pataleaba insistentemente.

—Sólo estaba reconociendo el terreno por motivos tácticos —se disculpó el gendarme.

Ninguno de los presentes intentó hacerse el gracioso; la mayoría, en esos momentos, deseaba encontrarse lo más lejos posible de ese lúgubre castillo. Gritar «¡Abajo los vampiros!» era una cosa; ponerla en práctica, otra totalmente distinta.

La cocinera ordenó al sepulturero:

—Pásalo: ¡preparados para el ataque!

La orden recorrió todo el grupo. La esposa del capitán de los bomberos, que era la última, sólo entendió:

—Ásalo: ¡estofados para el gaznate!

No entendió de qué iba la cosa. Se dio cuenta de que lo de las órdenes sin sentido no sólo pasaba en el Cuerpo de Voluntarios de Bomberos.

La silueta poderosa de la cocinera del cura, con una mano agarrando al gendarme por los bajos (pues éste ya había perdido el cuello de su uniforme), y con la otra alzando la sartén, se dibujaba sobre la niebla iluminada por la luna. La sartén cayó como la cuchilla del verdugo. Era la señal.

Con gritos de guerra, el séquito armado se abalanzó en dirección al puente levadizo. Avanzaron con Willi el Borracho al frente, cuyo ¡HIP! ¡HIP! ¡HIP! heroico sobresalía de nuevo y animaba el ataque.

Pero a los pocos pasos, los gritos valientes enmudecieron en sus labios. Se quedaron petrificados, boquiabiertos y con ojos como platos al contemplar la imagen terrorífica que les salió al paso, más terrible que la peor de sus pesadillas.

Wanja el Ogro había ordenado que la malvada banda de Mordedor esperara detrás de una gran roca cerca del foso del castillo. Permitió que desmontaran. Con mucho cuidado asomó su hocico puntiagudo por detrás de la roca y estudió los movimientos en el castillo. Regocijado, hizo chirriar los dientes de alegría. ¡No se veía a ningún guardián y el puente levadizo estaba bajado! Ésa tenía que ser la señal del *boss*. La choza estaba lista para el asalto; la comida estaba servida.

—¿Hay alguna señal? —preguntó Vampana, la novia de Mordedor.

—Todo está listo —gruñó satisfecho Wanja.

—Yo iré la primera —dijo Vampana, muy segura de sí misma—, ya sabéis: las mujeres primero.

—¿Y por qué tú precisamente? —preguntó enojado el tipo con el corte de pelo verde, al estilo iroqués, y con el escorpión vivo como pendiente.

—Porque, si no me dejas, se lo diré a mi Mordisquito. ¡Por eso!

—Entonces le diré al *boss* que lo has llamado «Mordisquito» —replicó burlándose el iroqués.

Y Vampana respondió:

—Entonces me chivaré de que tú también le has llamado así.

—¿Que le he llamado cómo?

—Mordisquito.

—¡Yo no he dicho eso! —protestó el iroqués.

—¡Que sí lo has dicho!

—¡Que no!

—¡Que sí!

—¡Que...!

Wanja se acercó furioso. Le quitó al iroqués el escorpión de la oreja de un mordisco e, iracundo, fulminó con la mirada de sus ojos amarillos a Vampana.

—¡Silencio! Cuando no está el *boss*, yo soy el *boss*, y soy yo quien da las órdenes, así que iré el primero. ¡Basta!

Wanja les dio la espalda y empezó a ultimar las preparaciones del ataque.

El iroqués le sacó la lengua a Vampana. Era negra y chorreaba saliva verde. Vampana le dio con todas sus fuerzas una patada en la espinilla. Éste aulló de dolor y se mordió el labio inferior con los colmillos. Las botas de Vampana tenían un punzón de acero clavado en la punta. Pero la amenazante mirada de Wanja contuvo al iroqués de tomar alguna represalia. Interiormente, el pelo verde hervía de rabia.

Enano Diente se fue abriendo paso por entre las botas de sus compañeros. Mientras, desde abajo, iba mirando a los demás. Y repetía a cada momento:

—Yo hoy no tengo ni pizca de hambre. ¡Qué falta de apetito! No puedo tragar ni un bocado.

Lo cierto es que le crujía el estómago. Con ese truco, pretendía colarse hasta alcanzar las primeras posiciones y conseguir así una de las más jugosas piezas del bufé. Desde las últimas filas sólo existía la posibilidad de hacerse con alguna punta de nariz.

Pero Enano Diente era exactamente lo que necesitaba la contenida rabia del iroqués, que saltó sobre él con sus enormes botas, hasta enterrarlo a más de tres metros de profundidad en el barro. Eso le sentó muy bien. Al iroqués, claro.

Mientras tanto Wanja el Ogro había escalado la gran roca. Su grotesca silueta se alzó en el claro cielo nocturno. Los pelos del lomo se le erizaron. Para la banda de vampiros, esa señal significaba: ¡Preparados! Se colocaron en posición de salida y alzaron los cubiertos para la comilona: sierras manuales, tijeras de podar, martillos a presión, etcétera.

Wanja enfocó el hocico en dirección a la luna. Eso quería decir: ¡Listos! En los puestos de salida, hubo algún movimiento inquieto y los últimos empujones.

Wanja soltó un agudo y penetrante aullido. Eso sólo podía ser el: ¡Ya!

Con bufidos desgarradores, resoplidos y silbidos, la banda, sedienta de sangre, abandonó su escondite tras la roca y se dirigió directa al puente levadizo. Llevaban los ojos inyectados en sangre, las fauces abiertas y la baba resbalando en sus bocas.

Pero tras pocos pasos, los bufidos desgarradores, resoplidos y silbidos enmudecieron en las fauces de los vampiros voraces. Se quedaron petrificados. Se les heló la saliva y, con los ojos rojos de sangre, fijaron su mirada en una imagen terrorífica. Era como contemplar un bodegón de flores. No habían visto jamás una visión más horripilante.

¿Qué era lo que a ambos bandos, tanto a humanos como a vampiros, les hizo quedarse de piedra? Pues el descubrirse los unos a los otros. Los aldeanos y campesinos de la cocinera del cura vieron a los vampiros de la malvada banda de Mordedor, y los vampiros de la malvada banda de Mordedor vieron a los aldeanos y campesinos de la cocinera del cura.

Los unos veían dientes puntiagudos y dentaduras afiladas, ojos con brillos rojos, uñas de pies y manos con forma de garras, sierras, tijeras de podar, martillos a presión manchados con sangre seca. Los otros veían guadañas y hoces, horquillas de estiércol, rodrigones, martillos cincel, berbiquíes, empalizadas afiladas, humeantes antorchas, un compás de pizarra, una sartén enorme y una peligrosa bomba de relojería.

Ninguno de los dos bandos había contado con ello. El susto les duró cuatro minutos y medio de reloj. Pero después la cocinera del cura dio a los suyos la señal de ataque con un certero movimiento de sartén, y Wanja el Ogro aulló de tal manera que los suyos se lanzaron a la batalla como un huracán de fuego.

Tras la colisión ya no se diferenciaban los frentes. Humanos y vampiros se fundieron en un ovillo imposible de desenmarañar y nadie estaba del todo seguro de a quién estaba mordiendo, arañando, pellizcando o pinchando. ¿Era amigo o enemigo aquél al que se estaba golpeando, pisando, cortando o ahogando? ¿Era un humano o un vampiro ése a quien se le estaba dando una paliza, pegando patadas, clavando estacas o tirando del pelo? Nadie lo sabía.

Por ejemplo, el sepulturero se había hecho una llave a sí mismo y con el puño libre se golpeaba su propia nariz.

Vampana arrancó una oreja de un mordisco, y luego se enteró de que pertenecía al iroqués. Se disculpó y le dijo que había sido totalmente intencionado.

Hasta la cocinera del cura había perdido toda perspectiva en semejante tumulto. Se había puesto a alguien sobre sus rodillas y le estaba dejando plano el culo de tanto darle con la sartén. Sólo cuando sintió que se le clavaba la punta del compás de la pizarra en el dedo gordo del pie, se dio cuenta de que, al que estaba apalizando, era el maestro de la escuela. Aún se enfadó más cuando vio que con la otra mano sólo aguantaba un pantalón vacío. El gendarme había sentido tanta vergüenza de estar en paños menores que se tiró de cabeza al foso del castillo.

El tabernero peleaba con la boca abierta de par en par, porque al llevar dos dientes de ajo en las narices no podía respirar. Con esta facha, la esposa del capitán del Cuerpo de Bomberos lo confundió con un vampiro y le metió media cabeza de ajos entre los dientes. De no haber sido por el vampiro calvo, con las orejas peludas, que le propinó un golpe tan fuerte que los ajos salieron disparados de sus fosas nasales como si se tratasen de los tapones de corcho de una botella de cava, hubiera muerto por asfixia. Lo que no sabemos es a quién le dio con los disparos de ajos.

El más tremendo caos se armó con Willi el Borracho. Hasta Wanja fue despedido unos cuantos metros cuando el cuerpo de Willi, que hacía las veces de bandera, lo golpeó en la cara. La larga vara, a la que Willi aún seguía atado, daba vueltas con cada movimiento del borracho e indiscriminadamente se cargaba a amigos y enemigos.

En pocas palabras, era un absoluto descontrol. Ya nadie prestaba atención al puente levadizo ni al Castillo Colmillos.

En la terraza del tejado, respiraban aliviados. Se habían acomodado en las tumbonas, y contemplaban tranquilos y cómodos el transcurso del espectáculo. Era un lujo poder seguir la batalla en directo.

El barón Colmillos estaba sentado en primera fila junto a su esposa y la tenía cogida de la mano. Lo único que echaba de menos era no tener algo para picar. No hubieran estado nada mal unas palomitas mojadas en sirope de sangre.

Para la baronesa Valeska el *show* estaba siendo demasiado violento. Hubiera preferido una historia de amor con final feliz. Pero disfrutó de esos instantes emocionantes y del íntimo recogimiento al lado de su esposo. La noche ya había sido suficientemente estresante.

El fabricante de productos cárnicos y embutidos estaba echando una siestecilla. También se dormía durante las obras de teatro y los conciertos. Las actividades culturales le solían aburrír.

Franziska y Sigfrido se habían sentado en la última fila. Uno junto al otro. Franziska apoyaba su cabeza en el hombro de Sigfrido. Éste estaba librando una lucha interior, semejante a la que estaba teniendo lugar a los pies del castillo. Tras una intensa refriega, finalmente superó su timidez y pasó su brazo (levemente, como un suspiro) sobre los hombros de Franziska. Ésta se estremeció de placer. De vez en cuando, echaban algún vistazo a los acontecimientos del campo de batalla.

En cambio la abuela baronesa Zsa Zsa seguía el juego con total interés. Tomó partido por los vampiros y animaba a su equipo en cuerpo y alma. Tan apasionada estaba que se sacó la dentadura de la boca y la lanzó al lugar de los hechos. Sus pequeños dientes no iban a poner el contador a favor de los vampiros, pero para Mordisquito fueron momentos inolvidables: saltaba a diestro y siniestro, mordía algún dedo gordo del pie por aquí, mordisqueaba algún lóbulo de oreja por allá; en definitiva, disfrutaba de su libertad.

—Ya nefefitafan fanfarse un foco y fafer de las fuyas —se justificó Zsa Zsa.

Tom y Tim, antes Estacador y Mordisco, comentaban la batalla con muchos tecnicismos. Ambos eran expertos.

—¡Vamp, oh, vamp! —gritaba enojado Tim—, no puedo seguir mirando. ¡Son inútiles hasta para morder! Llevo años entrenando con ellos el mordisco preciso y limpio a la yugular. ¿Y qué hacen esos rematados succionadores de baba de caracol? Muerden orejas, rodillas, etcétera; cualquier sitio, menos la garganta, les parece bueno. Todos estos años han sido una pérdida de tiempo. Casi me avergüenzo de haber sido cabecilla de una banda de vampiros.

—*¡Yeah!* —exclamó Tom escupiendo un

tallo de ajo a medio masticar—. ¡Mira a esos novatos! ¿Por qué demonios intentarán esos idiotas pincharles el hígado a los vampiros? En los discursos que doy en las sociedades de víctimas del vampirismo siempre repito que hay que clavar las estacas en el corazón, en el corazón. Y para ser más exactos, tienen que ser de madera de encina y estar mojadas en agua bendita. Y esos patanes de allá abajo la han tomado con el hígado. Me arrepiento totalmente de haber sido cazador de vampiros.

El doctor Gummsky Zelleskovitch se había sentado aparte y continuaba limpiándose los anteojos. El agua se le había colado entre las distintas lentes. Había tenido que desmontar los prismáticos y ahora se dedicaba a limpiar con un pañuelo las quince lentes, una por una. Lo que significa que no podía ver nada de lo que estaba pasando a los pies del castillo. Por los comentarios que escuchaba, sobre todo cómo Zsa Zsa animaba a sus favoritos, intuyó que tenía que tratarse de un partido de fútbol. Para que no lo tacharan de insociable, de vez en cuando lanzaba algún grito de «goool», «falta» o «fuera de juego». Pero no sonaba muy entusiasmado. Dedicaba toda su atención a sus anteojos. Sin ellos era un hombre muerto.

Mademoiselle Chicbinié estaba conmovida. La luna llena, la niebla y el fragor del combate bajo sus pies la habían impresionado.

Inspirada, se puso en pie y, como Nerón ante la Roma incendiada, recitó un poema tristemente estremecedor. Se acompañaba punteando las cuerdas de su raqueta de tenis. (No tenía una lira a mano.)

Por desgracia no se podía oír el poema completo, los ¡catapums! ¡poings! ¡pengs! o los ¡changs! como también los ¡rataplofs!, que formaban el repertorio del escándalo de la batalla, cubrían fragmentos de su recitación. Con voz conmovida e inmersa en lágrimas de emoción, enaltecía el combate que estaba llegando a su fin:

«Hacia (¡CLIM!) se dirigían dos (¡CATAPUM!)
Fueron cogidos en (¡SNAP!) (¡SNAP!)
Cuando llegaron a (¡CACHIMPÓN!)
Dejaron colgar la (¡POING POING!)

Allá escucharon la triste (¡CRASH!)
Que (¡CHIN! ¡CHIN!) se había perdido,
vencido y destrozado el gran (¡CATACRAC!)
Y el (¡CHANGO!), el (¡CHANGO!) preso.

Y juntos los (¡CATAPUMBA!) lloraron.
El (¡ESPENC!) era de puro dolor.
¡Cómo duele! (¡CACHOFF!)
¡Cómo quema! (¡POING!)

Concédeme (¡ZALAMÁ!) una (¡ZATT-ZITT!)

Si ahora muriera,
llévate mi (¡ESCRECH!) a (¡CLIMPRENC!),
entiérrame en (¡CLIMPRENC!) *(¡MERDE!)*

Mi (¡PLOF!) cabalgará por (¡CHANGO!)
Mucho (¡PENG!) cayeron rayos.
Apareceré armado ante (¡GUACS!)
Para proteger al (¡ENCRUAG!)

La refriega había terminado, había llegado su hora. No hubo vencedores. Sólo perdedores. A rastras, cojeando, traspuestos y agonizando, los últimos combatientes abandonaron el campo de batalla. Los vampiros huyeron en una dirección; los aldeanos y campesinos en la contraria. No fue una retirada ordenada, sino precipitada, cada cual consigo mismo, aunque algunos lo hicieron en pequeños grupos, atemorizados y abandonando a su suerte a los heridos.

Una luna pálida iluminaba el campo de batalla ahora sin vida. Una tenue luz enfocaba los dientes descascados, las uñas quebradas, las narices despuntadas, los lóbulos de orejas, las yemas de dedos y los mechones de pelo arrancados. A la luz de la luna se veían las estacas partidas, las horquillas de estiércol desdentadas, las sierras destrozadas, los rodrigones partidos, un compás de pizarra inservible y una sartén abollada. El humo de las antorchas recién apagadas se mezclaba con el olor a sangre, sudor y ajos.

No se movía un alma. ¡Ah..., sí... allá! Una mano pálida emergió del fangal. Después asomó una cabeza. Una boca con un solo diente tomó aire con avidez. Al rato desenterró su cuerpo pequeño y regordete. Un Enano Diente sin aliento se puso en pie y se quedó contemplando el panorama. Se dio cuenta de que allí había tenido lugar una terrible batalla campal y se alegró de no haber estado presente. Cabe decir que haber estado enterrado a tres metros bajo tierra tampoco había sido muy agradable.

Enano Diente vio el portón del castillo y el puente levadizo sin izar. Renqueando se dirigió a él. La entrada al enorme recibidor estaba cerrada, pero al enano no le costó nada encontrar una rendija por la que colarse en el interior del Castillo Colmillos.

De puntillas, pasó delante del cochero dormido y se quedó de piedra al oír resonar un tremendo «¡Soooo!» por la gran sala. Después de que el eco enmudeciera y de cerciorarse de que el cochero todavía seguía durmiendo plácidamente, el enano se atrevió a seguir avanzando. Se metió entre nubes de desiertos de polvo, se perdió por pasillos interminables y luchó por conseguir trepar altísimos escalones.

Enano Diente no sabía qué se le había perdido en el castillo. Seguro que no buscaba a su torturador, el *boss*. Ni a las víctimas humanas, pues había perdido cualquier ápice de apetito que hubiera tenido anteriormente. ¿Qué lo atraía entonces allí? Tal vez sólo buscaba un tranquilo y oscuro rincón donde poder dar el último suspiro de su tan sufrida vida. No lo sabía.

Un repentino ¡CLIPCLAP! lo sacó de sus fúnebres pensamientos. Se estremeció. Hubo otro ¡CLIPCLAP! Asustado se pegó a la pared. ¡CLIPCLAP! ¡CLIPCLAP! Su ojo vagaba por la oscuridad tropezando muy raramente con algún rayo de luna que se infiltraba del exterior. ¡CLIPCLAP! Por fin descubrió algo. Era una cosa pequeña y blanca que estaba intentando trepar uno de esos altos escalones.

El enano se inclinó y vio que eran unos dientes. Era la dentadura de Zsa Zsa, que buscaba el camino a casa. Pero ese detalle no era conocido por Enano Diente.

La quiso agarrar, pero la dentadura castañeteaba miedosa e intentó esconderse en una esquina. Enano Diente la cogió en un plisplas y se metió la dentadura en el bolsillo.

En ese preciso instante se encontró con el foco de una antorcha. Enseguida la tapó una gigantesca sombra. Enano Diente se apretujó contra una esquina de la escalera y gritó:

—¡Pégame una paliza, aplástame, conviérteme en picadillo! *¡Porfi, porfi!*

No coló. Una mano enorme como una pala de excavadora lo cogió y lo levantó. Era Hansi, que quería ver al hombrecillo más de cerca. Pero eso Enano Diente no lo podía saber.

Unos dedos lo apretaron con violencia. Antes de desmayarse, pudo ver a un murciélago enorme posándose en el hombro del gigante y cuchichearle algo en la oreja.

Era Mimí, el murciélago doméstico, el mismo que el enano había cuidado años atrás en el campanario de aquella iglesia en ruinas. Pero eso el Enano Diente tampoco lo podía saber.

Además, perdió el sentido.

7
Todo habría sido perfecto

El séptimo capítulo se titula «Todo habría sido perfecto», que, sin lugar a dudas, deja en la sombra títulos también prometedores como: «La muerte de un monstruo», «El triple salto mortal de Sigfrido» o «Caída libre desde el Castillo Colmillos». Este capítulo nos sorprende con la presentación de un nuevo personaje. El narrador se disculpa por la ridícula excusa de necesitar otro personaje para conseguir el último e inmejorable momento de emoción. Equipo: 30 jugadores. ¡Más que suficiente! Deberían bastar para llevar la historia a un final más o menos decente. Además, ¡quién es capaz de memorizar tantos nombres!

195

En la bóveda de los ataúdes aún reinaba el desorden. Las huellas de la pelea entre Tom y Tim, antes Estacador y Mordedor, todavía eran visibles. Ataúdes, tapas de ataúdes y pedazos de ataúdes estaban desperdigados por el cuarto. Los torbellinos de polvo habían cesado y recuperado su posición inicial. Una estaca totalmente carcomida descansaba bajo los escombros. Una rata la husmeó y los pelos del lomo se le pusieron de punta; dio media vuelta y desapareció por un hueco.

En la bóveda quedaba un ataúd que había sobrevivido al combate casi sin daños. Era un imponente ataúd de madera de encina barnizado en negro. La madera ya había sido visitada por generaciones enteras de carcomas y estaba llena de agujeros y el barniz totalmente desconchado. Las bisagras de cobre estaban cubiertas de moho y colgaban inertes del féretro. Le faltaba una pared lateral, seguramente por donde había salido disparada la estaca.

Por la obertura del ataúd asomaba algo así como una mano. Eran huesos de mano y dedos revestidos con una piel apergaminada y agujereada. Le faltaban el meñique y un trozo del pulgar. Se le habían caído las uñas. Sólo la uña del anular había seguido creciendo y lo había hecho tanto que se había enrollado como una espiral.

La mano palpaba a tientas y empezó a forcejear la cerradura. Al hacerlo cayó un pedazo del dedo corazón, pero la cerradura también se convirtió en polvo. La mano volvió a desaparecer muy despacio en el ataúd; después se hizo un silencio mortal.

Una luz de luna helada iluminó la caja. De repente, se abrió la tapa con violencia y estrépito, y al tocar el suelo, se rompió en mil pedazos. Copos de polvo danzaron con los rayos de luna. Después, otra vez el silencio.

Entonces se oyó crujir y chirriar una serie de articulaciones, y un ser horripilante se levantó del ataúd. Parecía un cruce entre una momia de glaciar de 500 años de edad y un esqueleto de feria. Pero mucho más asqueroso. Allí donde lo que quedaba de piel cubría los huesos, se había formado moho verdoso. Allá donde no había piel, se veían restos de carne seca, tendones y huesos. Del tórax sólo quedaban unas cuantas costillas que estaban en muy mal estado.

Había partes del cuerpo que aún conservaban restos de harapos, y el pie izquierdo calzaba una zapatilla andrajosa. En el cuello lucía un enorme rubí oscuro montado en plata. Era una condecoración de vampiro de primera categoría, con hojas de ciprés y dientes, otorgada en honor a las muchas mordidas efectuadas a lo largo de su vida.

Del cráneo pelado le colgaban algunos mechones que con más pena que gloria tapaban los agujeros del cogote. Las cuencas de los ojos estaban vacías. La órbita izquierda se iluminaba intermitentemente en rojo. La quijada sólo mostraba dos grandes colmillos tamaño XL. Era lo único que se mostraba en todo su esplendor.

En pocas palabras, no era un espectáculo agradable.

A los pies del ataúd se leía, en letra gótica y florida, la siguiente inscripción:

Tatarabarón Dentellada en el Cuello
1173–1536

¿Qué es lo que estaba pasando? Y… ¿cómo podía estar sucediendo aquello? Y, en primer lugar, ¿por qué había resucitado el abuelo de Zsa Zsa después de tantos años?

Nunca podremos estar seguros al cien por cien, pero la siguiente versión es bastante probable.

En la lucha entre Mordedor y Estacador, por los derrumbamientos que provocaron entre los ataúdes, la estaca que estuvo clavada en el corazón de tatarabarón durante siglos se había desclavado. Ello explicaría su resurrección.

El tatarabarón Dentellada en el Cuello salió de su ataúd y se puso en movimiento con pasos tiesos y arrastrando los pies. A cada paso que daba todo le crujía y crepitaba, e iba perdiendo pedazos de huesos, jirones de piel y trozos de tendones. Sus pies tropezaban con los restos de ataúdes, y a veces los arrastraba consigo. Si chocaba con una pared, daba media vuelta y seguía su camino hasta que otro obstáculo lo obligaba a cambiar de dirección.

No veía nada, no oía nada, no olía nada, no sentía nada y tampoco pensaba en nada.

Lo único que hacía era seguir un impulso interno, un instinto malvado, una ley de la naturaleza vampírica de miles de años.

¿Adónde lo conducía? ¿Acaso su alma de vampiro errante y pervertido le ordenaba que fuera a la caza de una nueva víctima?

En la terraza del tejado se celebraba el resultado de la batalla. Excitados, comentaban las jugadas. El clima era relajado, casi festivo. Nadie podía siquiera imaginarse que mientras tanto Dentellada en el Cuello había resucitado.

Todos rodearon a Tom y Tim, porque se esperaba que aclarasen algunos detalles que habían quedado poco claros.

—Mi madre —empezó Tom— se trajo a mi hermanastro Tim de su primer matrimonio. Juntos pasamos una infancia feliz. Éramos uña y carne, compartimos las aventuras más osadas y juntos nos estrenamos en nuestras primeras travesuras. ¿Verdad, Tim?

—*Yeah* —contestó Tim emocionado mientras se secaba una lágrima—. Fue una época endemoniadamente hermosa. El primer matrimonio de mi madre no duró mucho. Se casó con un aristócrata arruinado. Yo ni lo conocí. Antes de que yo naciera, ese desgraciado la abandonó para siempre jamás. Nunca le he oído ni tan siquiera nombrarlo. Pero tengo la sospecha de que mi padre era un vampiro. ¡Pero qué digo sospecha, estoy segurísimo! Yo mismo soy prueba de ello. Hasta cumplir los catorce años no me di cuenta de nada. Era un tipo de lo más normal, ¿verdad, Tom?

—*Yeah* —asintió Tom—, normalísimo. Cuando no hacía campana en el *cole,* se burlaba de la profesora, se peleaba con todo el mundo, fumaba a escondidas, le robaba manzanas al vecino, mentía como un descosido y espiaba por el agujero de la cerradura el vestuario de las chicas. Más o menos tan normal como yo.

—*Yeah* —prosiguió Tim—, pero a partir de los catorce, todo se torció. Había algo en mí que empezó a cambiar. Me apetecían la carne cruda y la sangre; me empezaron a interesar los cuellos, y mis colmillos se hicieron largos y afilados. De noche ya no podía dormir; a escondidas, me paseaba por los cementerios y blanqueaba mi piel a la luz de la luna. Durante el día, dormía. Al principio me asusté por tener esas preferencias. Pero cuando tuve claro que me estaba transformando en un vampiro, como mínimo, en un vampiro de media sangre, la cosa me pareció muy emocionante. Durante unas vacaciones por Transilvania desaparecí una noche. A mi familia la abandoné en el hotel. La llamada de la sangre o alguna chorrada ideológica de ese tipo me llevó a actuar así. La idea de no volver a ver nunca más a mi hermano me hacía vomitar. Pero, en aquel entonces, creí que debía hacerlo. Me uní a una banda de vampiros ambulantes y me convertí en su cabecilla. Desde entonces me dedico a sembrar el pánico. La verdad es que estuvo bien, pero ya se acabó. Sólo pensar en que he estado a punto de matar a mi hermano de un mordisco y dejarlo seco me produce coágulos en la sangre. Mordedor ya no existe. ¿Verdad, Tom?

—*Yeah* —contestó Tom—. También ha dejado de existir el Estacador. Es espantoso, he estado a punto de *estacar* a mi propio hermano. ¡Se acabó esa asquerosa cacería de vampiros! Nunca más volveré a tocar una estaca.

Todo el mundo estaba conmovido. Sólo se escuchaban «oooohs» y «aaahs». Incluso algunos reprimían lágrimas de emoción. Sigfrido y Franziska tuvieron una excusa para abrazarse.

El doctor Gummsky Zelleskovitch se encontraba confundido. Al estar ocupado en la limpieza de sus anteojos, no había prestado mucha atención a las conversaciones discurridas en el transcurso de la noche. Además, es bien sabido por todos, que no se oye bien cuando no se llevan puestas las gafas. Le había parecido oír varias veces las palabras «sangre» y «vampiro», y eso era precisamente lo que no acababa de entender. Pero la última frase del ex Estacador «Nunca más volveré a tocar una estaca», le hizo reaccionar y lo llenó de alegría.

—¡Curado! —exclamó—. ¡Totalmente curado! Mi primer éxito en sanación de la locura vampírica. Redactaré un trabajo científico sobre el caso. Mi institución se hará mundialmente famosa. Me he convertido en ex recapturador de cazadores de vampiros. ¡Menudo título!

Estaba loco de alegría y brincaba por la terraza. Una vez se hubo tranquilizado, sacó papel, pluma, algunos sellos y la almohadilla del bolsillo de su chaqueta. Empezó a llenar formularios y a estamparlos con los sellos.

El doctor Gummsky Zelleskovitch se levantó y se acercó a Tom, diciéndole solemnemente:

—Tenga los papeles del alta, señor Tex. Está curado. ¡Mis más sinceras felicitaciones!

Con modestia añadió:

—No me lo agradezca; sólo he cumplido con mi deber como médico.

Los presentes desearon suerte a los dos hermanos en su intención de comenzar una nueva vida, y felicitaron a Tom por no tener que volver al sanatorio.

La institutriz aún tenía una duda:

—¿*Monsieur* Mordedor..., *pardon*..., *Monsieur* Tim Tex, de dónde ha sacado ese anillo?

Tim le echó una mirada al anillo con el rubí y, encogiéndose de hombros, con indiferencia, respondió:

—Lo único que mi padre le dejó a mi madre fueron este anillo y a mí mismo.

La institutriz se dirigió al barón Colmillos y preguntó:

—¿Y usted, *mon cher* barón? ¿De dónde ha salido el anillo que está en la repisa de la chimenea?

—Ése es nuestro insigne anillo de la saga de los Colmillos. Cada miembro que... —respondió muy orgulloso.

Se calló de golpe y se puso colorado.

Mademoiselle Chicbinié le clavó una mirada inquisidora. Nadie le quitaba el ojo de encima.

—¿Dónde se habrá metido Hansi con el cava rosado? —preguntó el barón para desviar la conversación—. ¡Ya tenía que haber llegado! Se habrá entretenido con Mimí jugando al *Parchís sangriento* o al *Juego de la oca mordida!* Deben saber que Hansi...

—¡*Monsieur le* barón! —le cortó en seco la institutriz sin compasión.

No aceptaba excusas, por eso había seguido la pista hasta llegar impecablemente a la resolución final. Cabe decir que las novelas policíacas eran su género preferido.

El barón se giró por vergüenza.

—No me gusta hablar de ello —reconoció finalmente—. Pero si tanto insisten, ahí va: en la familia tenemos una oveja negra. Mi hermano el ex barón Roderick de Colmillos, para ser más exactos. Yo me avergüenzo de él. Esa alma errante va dando tumbos por el mundo, se casa por apariencia y quién sabe qué diablos más. Podría ser que ese vampiro vagabundo…

—No sólo es posible —interrumpió Tim—, sino que no cabe la menor duda, mi querido tío barón Vladimir.

Tim se acercó al barón y le estrechó cariñosamente la mano.

El barón, de repente, pareció darse cuenta del significado de la conversación. Sonrió ligeramente y después se le iluminó la cara.

—Querido sobrino, puedes llamarme tío Vladi —le dijo y le golpeó con fuerza en la espalda.

Entonces Tim abrazó a su tía Valeska, que de inmediato le dijo que era su sobrino preferido. No era nada sorprendente, pues era su único sobrino, pero quedó muy bien.

La abuela Zsa Zsa le dio un beso en la mejilla, pero también una pequeña reprimenda:

—Ef una láftima que quieraf defar tu fida de Mordedor como fiejo cafefilla de tu fanda. La malfada fanda de Mordedor hufiera fido algo del fiejo eftilo de lof fampirof de fiempre.

Sus dificultades al expresarse le recordaron que su dentadura todavía no había regresado.

—Eftoy muy freocufada por mi Morfisfito. Ya fenía que hafer llegado hafía rato. Efpero que no le faya fasado nada.

Los primos Sigfrido y Tim se dieron un

par de cariñosos pellizcos y puñetazos, y se sonrieron amigablemente.

También el hermanastro de Tim, Tom, fue acogido cariñosamente en la familia Colmillos como *sobrinastro, nietastro* y *primastro.* Y aunque todo lo era a medias, se lo ofrecieron de todo corazón.

Los dos hermanos Tom y Tim que habían llevado una vida salvaje y dura no estaban acostumbrados a ser tratados con tanto cariño y se sentían algo incómodos. Pero en el fondo les encantó.

Todo hubiera sido perfecto, si, de repente, un grito penetrante no hubiese irrumpido en la noche silenciosa. Era Franziska la que había chillado. Y tenía toda la razón del mundo para hacerlo. En el boquete por el que habían salido rodando Tom y Tim a la terraza estaba parada esa cosa horripilante, que hacía algunos siglos había sido el tatarabarón Dentellada en el Cuello. Durante sus tropiezos por la bóveda se le habían quedado colgados restos de telarañas. Y éstos, en lugar de ocultar su fealdad, incrementaban su aspecto fantasmagórico. Todos se quedaron petrificados ante su aparición.

Aunque era la órbita izquierda la que se iluminaba intermitentemente, el tatarabarón giró hacia la derecha y, arrastrándose con las piernas tiesas hacia Franziska, la agarró del brazo. Luego tiró violentamente de ella y se la llevó consigo.

Ojalá se hubiera tratado de un espantapájaros. El monstruo se cargó a la espalda a la pobre Franziska y comenzó a escalar por el muro desmoronado de la torre con la agilidad de una lagartija.

Todo ocurrió tan rápido que Franziska no tuvo ni tiempo de gritar una segunda vez. Tampoco el público de este trágico espectáculo pudo reaccionar y miraba atónito el increíble suceso.

Esta reacción general permitió a Dentellada en el Cuello ganar altura rápidamente con su víctima a la espalda sin ser molestado. Zsa Zsa fue la primera en recuperar la voz, cuando al zombi se le soltó la rótula izquierda y fue a caer a sus pies. Había reconocido a su abuelo preferido por la zapatilla.

Fuera de sí, gritó:

—¡Abuelo!

Y el barón Vladimir, horrorizado:

—¡Bisabuelo!

Y Sigfrido, suplicante:

—¡Tatarabuelo!

Y Tim, encendido:

—¡Retataraimbécil!

Y Valeska le regañó:

—¿Pero no le da vergüenza? ¡A su edad!

No se avergonzaba. Perdió un trozo de coxis.

Wilhelm Blünzli se cuadró:

—¿Pero usted qué está haciendo con mi hija? ¡Baje inmediatamente de allí o subiré a buscarlo personalmente y lo convertiré en una hamburguesa!

Era una amenaza sin fundamento y sin cuerpo.

Todas las súplicas y amenazas fueron inútiles. El monstruo era sordo, ciego y mudo. Inválido era lo único que no era. Obstinado y cual lagartija, siguió escalando la torre. A los espectadores, les resultaba inexplicable de dónde sacaba las fuerzas ese energúmeno esquelético para trepar por la pared quebradiza de la torre, a pesar de llevar ese peso en la espalda y de no utilizar equipo de escalada alguno. Pues, además de trozos de huesos y otras partes del cuerpo, también iban cayendo pedazos de muro (sí, bloques de piedra) del torreón en ruinas, que chocaban estrepitosamente contra el suelo de la terraza.

Se sentían impotentes. Todos, incluidos los hermanos Tim y Tom, expertos en peleas, y la institutriz, deportista en plena forma, no tenían más opción que la de ver, con los brazos en jarras, cómo el tatarabarón alcanzaba alturas vertiginosas.

Su silueta fantasmagórica se elevaba por encima de la gran luna plateada.

Franziska colgaba inmóvil de su hombro. Al principio se había defendido, había pataleado y pateado, arañado y lanzado puñetazos. Una osadía sin sentido para ese ser insensible. Liberarse de su secuestrador o hacerlo caer desde semejante altura hubiera significado su muerte segura. Total, que se lo había pensado mejor y se estaba quietecita, hasta se abrazaba a esa mala bestia, y no lo hacía por cariño precisamente.

Dentellada en el Cuello había alcanzado el pequeño tejado inclinado de la torre. Pero su intención era seguir subiendo. Consiguió lo que hasta los más expertos escaladores hubieran considerado imposible (grado de dificultad seis superior): traspasar el alero. ¡Y eso aunque Franziska colgara de él bamboleándose!

Los espectadores de la terraza tenían ya tortícolis y hacía cinco minutos que aguantaban la respiración.

—*C'est pas vrai* —susurró la institutriz inspirando profundamente.

Wilhelm Blünzli se tapaba los ojos con las manos, pero de vez en cuando seguía la escena mirando entre los dedos.

—¡Agárrate fuerte, Franzi, por lo que más quieras, no te sueltes! —se le oía murmurar entre dientes.

Zsa Zsa hizo una promesa. Si Franziska conseguía salir ilesa, emprendería peregrinaje hasta San Draculus y renegaría de su adhesión a la vieja y gloriosa época de vampiros.

La terrible imagen de su abuelo se lo ponía fácil para despedirse de aquél a quien tanto había idealizado en su infancia. ¡Semejante perverso espantapájaros de vampiro!

Valeska, vampira práctica, iba planteándose diferentes posibilidades de rescate, pero descartaba una tras otra: ¿Cuerpo Voluntario de Bomberos? ¿Guardabosques? ¿Cruz Roja? ¿Salvamento en helicóptero? Todo hacía poco que existía o todavía no se había inventado. Desesperada, tuvo que reconocer que no había forma alguna de salvar a Franziska.

El barón Vladimir se mordía sus largas uñas. Se había clavado sus afilados dientes y ahora parecían un queso *gruyère*.

Tom se tragó un tallo de ajos que estaba mascando en ese momento. Tim no paraba de decir tacos.

Excepcionalmente, Sigfrido no estaba confundido, sino que apretaba fuerte los puños.

El doctor Gummsky Zelleskovitch se puso las gafas, miró hacia arriba pero no entendía nada.

Mientras tanto el tatarabarón Dentellada en el Cuello estaba a punto de alcanzar el empinado tejado, lo subía a gatas, arrastrando a Franziska detrás de él. Llegó hasta la punta y se agarró al palo oxidado de la bandera. Sus mechones de pelo canoso, las telarañas y jirones de piel ondeaban al viento nocturno con fuerza. Se le rompió un trozo de costilla que bajó rodando por el tejado y cayó al vacío. El tatarabarón movió la quijada y parecía estarle gritando algo a la luna. Pero no se oyó ningún sonido. ¿Pretendería ser una risa espeluznante y desesperada? ¿Un grito de victoria triunfante? ¿Un monstruoso insulto? ¿Una amenaza terrible para la humanidad? ¿O sólo el canto tirolés de un orgulloso y satisfecho excursionista?

Nadie lo averiguaría jamás, pues de repente se oscureció la escena iluminada por la luna. La única nube tormentosa que había quedado tapó la luna. No era muy grande, sólo lo suficiente para hacerla desaparecer. Pero era negra como el carbón y estaba bien cargada de agua. Un relámpago impresionante, del que nadie la creía capaz, salió disparado de la nube y, sin dar grandes rodeos, se dirigió derecho al mástil de la bandera de la torre. Del mismo mástil del que se agarraba el monstruoso vampiro.

Cuando se escuchó el trueno que lo siguió, ya había pasado todo.

El tatarabarón Dentellada en el Cuello flotaba por el aire convertido en pequeños copos de ceniza. Se los llevó una ligera brisa a Dios sabe dónde.

Los tatarabarones sólo podían ser vencidos por fuerzas ancestrales.

¿Y Franziska? Se había librado de la tremenda descarga eléctrica al soltarse de la mano del monstruo justo a tiempo. Pero al hacerlo cayó en manos de la fuerza de gravedad. Fue resbalando por el tejado y, desesperada, intentó agarrarse al canalón. Lo consiguió pero con la mala suerte de que el canalón se desprendió del tejado. Franziska cayó al vacío, agarrada, eso sí, al pedazo de metal oxidado.

Se precipitó pasando a una velocidad vertiginosa por muros de piedra, aguilones, alféizares, aspilleras, nidos de águilas, ventanas ojivales, balcones, nidos de golondrinas, escondrijos de murciélagos, macetas con flores..., directa al patio del castillo. Como máximo podía tardar un cuarto de hora antes de estamparse contra el suelo.

Los espectadores desvalidos soltaron un gemido al ver caer a Franziska desde el tejado. Todos cerraron los ojos. Todos menos uno. Sigfrido mantuvo los ojos abiertos. Descubrió las grandes y brillantes alas negras de murciélago que se había quitado su padre antes de tomar asiento en la tumbona.

De un salto se colocó junto a ellas. Dos rápidos movimientos de mano y Sigfrido ya tenía puestas las alas. Tres briosos pasos de carrerilla y Sigfrido se lanzó con un elegante salto mortal al vacío desde la terraza.

El público abrió sus cerrados ojos como platos, y alucinaban. Nadie creía que Sigfrido fuera capaz de hacer aquello que estaban viendo. Tim y Tom habían infravalorado a ese guaperas blandengue, aunque los padres de Sigfrido tampoco daban crédito a la demos-

Ant

tración de vuelo de alto nivel artístico de su hijo. Su postura técnica y expresión artística se merecían un diez, y no sólo según la valoración de los jurados de Transilvania.

Sigfrido se lanzó en picado para poder colocarse lo antes posible debajo de la precipitada Franziska. Pero la construcción del castillo llena de desniveles con sus pequeñas torres y torreones, terrazas y salientes no le permitió un vuelo en línea recta. Sigfrido tenía que esquivar los obstáculos con dobles y triples saltos mortales, volteretas y tirabuzones. Durante todo el vuelo demostró su gran habilidad en figuras aéreas habidas y por haber.

¿Pero sería lo suficientemente rápido para poder salvar a Franziska? Ésta se acercaba a una velocidad vertiginosa al duro suelo del patio del castillo. Sólo faltaban unos segundos para el choque mortal. Franziska cerró los ojos. Su vida había sido corta, pero los profundos sentimientos del amor ferviente que pudo compartir con Sigfrido le compensaban todo. Moriría feliz.

No murió de ninguna manera. Por lo menos de momento. En lugar de estrellarse contra el suelo, la rodearon dos fuertes brazos y la volvieron a subir suavemente por los aires. Abrió los ojos y lo que vio fue el semblante enrojecido y ligeramente sudado de Sigfrido.

Debajo de ambos se oyó el estrepitoso ruido de un canalón oxidado chocando contra el suelo.

8
Cada oveja a su corral

El octavo y último capítulo se titula «Cada oveja a su corral». En este capítulo se atan limpiamente los cabos sueltos y la historia llega a su fin. Otra vez se muestra públicamente lo ogro que llega a ser el narrador: ahora que los lectores se habían relajado y suspiraban aliviados, los vuelve a dejar en vilo. ¿Realmente habrá un final feliz? ¿Podremos dormir tranquilos? Y sobre todo: ¿podremos madrugar mañana?

Sigfrido aterrizó con una elegancia y suavidad increíbles en la terraza del tejado y dejó a Franziska cuidadosamente en el suelo. Estalló un júbilo rebosante. Todos abrazaron a Franziska y felicitaron a Sigfrido. La algarabía duró hasta que Franziska les comunicó:

—Papá, Sigfrido te quiere pedir mi mano. Nos hemos prometido entre el piso 27 y el 59. En el vuelo de vuelta, claro.

Se dio paso a un silencio de perplejidad. Sigfrido exhaló un «sí» y se puso rojo. Sus padres palidecieron (cosa difícil). Wilhelm Blünzli carraspeó. Sólo Zsa Zsa reaccionó contenta y dijo con voz de pito:

—¿He oífo fien? ¿Un comfromifo? ¿Fero

for qué nafie me dife nafa? Fara ello no llefo...

Y desapareció, bailando, escaleras abajo.

Empezó una ronda de deliberaciones.

Wilhelm Blünzli buscó consejo en *mademoiselle* Chicbinié. Él estaba en contra. Era de la opinión que los matrimonios mixtos no eran precisamente convenientes, y menos con un vampiro, y además, Franziska era aún demasiado joven y que... La institutriz se puso de lado de Franziska. Le habló de *l'amour* y de que el amor no hacía ese tipo de distinciones. Wilhelm Blünzli no se impresionó lo más mínimo. Entonces, ella añadió que sería una oportunidad única de que él y su familia formaran parte de la aristocracia emparentándose en la boda. Señor barón Wilhelm Blünzli sonaba muy *chic,* ¿verdad? El fabricante de productos cárnicos y embutidos burgués estaba impresionado. Y después, como quien no quiere la cosa, le dijo algo de las posibilidades brutales de ampliar su cartera de clientes consumidores de morcilla y que sería gracias a estar en el círculo de los vampiros. Este argumento fue decisivo.

Vladimir buscó consejo en su esposa Valeska. Él estaba totalmente en contra. Era de la opinión que los matrimonios mixtos no eran precisamente una bicoca y menos con un humano, que además Sigfrido era aún demasiado joven y... Valeska por el contrario se puso del lado de Sigfrido. Le habló de la importancia sentimental del primer amor, cosa que no impresionó lo más mínimo al barón. Entonces habló de las posibilidades financieras que debía de disponer un fabricante y que una pequeña parte de la dote de Franziska sería suficiente para restaurar el Castillo Colmillos. El barón estaba impresionado. «Ser un vampiro de hojalata y nunca tener plata» era un viejo dicho de Transilvania que les iba como anillo al dedo a los Colmillos. Y después, como quien no quiere la cosa, Valeska le comentó que relacionarse tan directamente con la industria cárnica y de embutidos le abriría las puertas a un sinfín de *delicatessen* sangrientas. Ese argumento fue decisivo.

Empezaron a ponerse de acuerdo los cuatro. Por un lado, Blünzli y la institutriz; y por el otro, el barón y la baronesa. Acordaron que primero se celebraría el compromiso. Para la boda habría que esperar a que Franziska terminara su carrera de Económicas, y que se especializase en productos cárnicos y embutidos, y que Sigfrido acabara sus prácticas como presidente del consejo administrativo de un banco de sangre. El resto ya se vería más adelante.

Todos aclamaron con vítores. El barón preguntó a gritos:

—¿Dónde está Hansi, ya hace rato que tendría que haber llegado con…?

Fue interrumpido por la conocida cantinela de Zsa Zsa:

—¿No hafréis empefado fin mí, verfaf?

Ant

Subía por la escalera envuelta en una nube de tul rosa. Su coqueto vestido, tejido en tela de araña y con plumas de avestruz blancas, y las mallas de seda le daban un *look* bastante clásico.

Fue recibida con furor.

Se oyeron ruidos provinentes de la bóveda de ataúdes contigua a la terraza. El boquete por el que había salido Dentellada en el Cuello quedó ampliado al chocar Hansi con la cabeza y los hombros. Llevaba una puerta en sus manos que utilizaba como bandeja, y no se había olvidado de nada: las botellas del cava rosado estaban metidas en las cubiteras, las copas estaban relucientes, las servilletas estaban dobladas. Además, Hansi había preparado un montón de tapas. Todos se quedaron maravillados. ¿Cómo se lo había podido montar para hacerlo tan bien?

Riéndose entre dientes reconoció que había hecho trampa y, metiéndose la mano en el bolsillo, sacó a Enano Diente con mucho cuidado y lo mostró a todos.

—Le he dado un par de consejos a mi amigo —sonrió el enano.

Se sentía enormemente feliz de poder llamar a alguien su amigo. Era la primera vez en su vida.

Mimí, el murciélago doméstico, lo estrechaba cariñosamente contra su cuello.

—Me ha salvado la vida —decía el enano y a su vez acariciaba al murciélago—. Hace muchos años, yo...

Se calló, se metió la mano en el bolsillo y sacó la dentadura poniéndosela a Zsa Zsa en sus narices.

—Me la he encontrado por las escaleras —le dijo orgulloso.

La dentadura castañeteaba los dientes de lo contenta que estaba.

—¡Morfisfito! —exclamó feliz Zsa Zsa y volvió a ponerse los dientes en la boca—. ¡La he echado tanto de menos! ¡Muchísimas gracias!

Y le dio un sonoro beso en la mejilla a Enano Diente.

—¿Qué ha sido eso? —le preguntó a su amigo el gigante.

—Ah, pues... un beso..., creo.

—Nunca había oído esa palabra, pero es muy agradable.

El primer tapón de corcho salió disparado de la botella y se dio por iniciada la fiesta.

Al margen de la alegría, la fiesta, la comida y la bebida, el doctor Gummsky Zelleskovitch se sentó a reflexionar. Estaba totalmente confundido. Le había parecido ver vampiros durante toda la noche y hasta comenzaba a creer en ellos. Éste era el primer fatídico síntoma del síndrome vampírico. Le entró el pánico. Tenía que hacer algo urgentemente.

Primero se puso una inyección calmante. Después rellenó un formulario de instancia para darse de alta en su centro psiquiátrico. Lo hizo por triplicado. Después rellenó el formulario del alta. También por triplicado. Después el formulario de ingreso. Evidentemente, por triplicado. Después le puso los timbres correspondientes. Después lo selló todo. Después se sintió mejor.

La idea de estar en manos del doctor Gummsky Zelleskovitch, ex recapturador de cazadores de vampiros, le hacía sentirse seguro y contento, así que se mezcló entre los invitados a la caza de algún bocado y alguna copita de cava.

La baronesa Valeska se puso un poco de jalea de sangre en su plato mientras le decía a Tim:

—Mi más querido sobrino, aún necesitas aprender un montón de cosas. En nuestro ambiente, se considera de mala educación hacer ruido con la boca cuando se está comiendo.

Tim se estaba comiendo un ojo de vaca que estaba pinchado en un palillo junto a un pedazo de hígado crudo.

—También —prosiguió la baronesa— tienes que acostumbrarte a taparte los colmillos con el labio. No está bien visto que te pasees por ahí como un tigre de Bengala, jovencito.

Tim la miró desesperado. El palillo se le había quedado clavado en el paladar. Abrió la boca de par en par y se sacó el palillo con los dedos.

—¡Pero, qué haces! —lo regañó su tía—. ¡Los palillos hay que usarlos tapándose la boca con la otra mano!

Tim gimió. No le sería nada fácil convertirse en un vampiro con buenos modales.

—¿Oye, *bossito,* has probado ya los canapés de chinches rojos? Son una auténtica delicia. Pican en la lengua —chillaba Enano Diente desde las alturas.

Cada vez que Tim veía al enano le ardían los dedos. El Mordedor que llevaba dentro crecía y quería salir para abalanzarse sobre él. Pero todas las veces pudo contenerse, porque Enano Diente seguía metido en el bolsillo superior de la chaqueta de Hansi.

Tim se sirvió un poco de la ensalada de garrapatas con terrones de sangre coagulada y suspiró. Sería duro transformarse en un vampiro educado y con un autocontrol de hierro.

Tim pegó un mordisco a un pastel de sangre con glaseado de caracol, cuando se oyó un vocecita cariñosa desde la escalera.

—¿Mordisquito?

La dentadura de Zsa Zsa se contrajo.

—No va por vosotros —le dijo la bisabuela baronesa a sus dientes.

Todos miraron primero hacia la aparición de la escalera, y luego, hacia Tim.

—¿Te habías olvidado de mí, Mordisquito? ¡Soy yo, tu Vampana!

Tim se tragó el pedazo que tenía en la boca, después volvió a tragar. Entonces, rozando la afonía, dijo:

—Me permito presentarles a Vampana, mi... ah... novia.

Vampana se tiró, sollozando de alegría, al cuello de Tim. Estaba supercontenta. Nunca antes la había llamado «novia». Sus palabras más cariñosas habían sido parecidas a «estúpida cabra con alas» o «murciélago con piojos». ¡Y ahora, de repente la llamaba «novia»!

—¡Oh, Mordisquito!

Tim seguía suspirando. Ser un vampiro educado, y además, ser un caballero con las mujeres... Eso sería lo más difícil de todo.

Mademoiselle Chicbinié se quedó descansada al ver cómo Vampana se presentaba ella sola, aunque de forma un poco torpe y sin estilo, ante la concurrencia. Hubieran sido 24 «me permito presentarle...». Sin contar a la dentadura de Zsa Zsa.

Ya era bastante tarde y estaba a punto de salir el sol. Wilhelm Blünzli miró la hora con sus cansados ojos. Tim y Tom bostezaron sin taparse la boca. Zsa Zsa se había quedado dormida. Su dentadura se había acurrucado en su falda. La baronesa Valeska bostezaba tapándose la boca. Vampana se arrimaba somnolienta a Tim. Al doctor Gummsky Zelleskovitch se le habían dormido los pies. Los ronquidos de Enano Diente se oían por el bolsillo de la chaqueta de Hansi. De Hansi, nunca se sabía con seguridad si estaba despierto o dormido; a veces, dormía con los ojos abiertos; otras, estaba despierto con los párpados cerrados. La institutriz empezó con su gimnasia matutina. El barón Vladimir se tragó un bostezo.

—Ha llegado la hora de meterse en el querido ataúd —anunció.

—¿Cómo dice? —preguntó la institutriz.

—Ya sé que estamos un poco pasados de moda. Pero aún dormimos en ataúdes. Me gusta estar estrecho.

—Y además —añadió Valeska—, con ello nos ahorramos la pesada labor de hacer las camas cada día... Pero no se preocupen, en las habitaciones de los invitados tenemos ataúdes tamaño XL, que también están acolchados.

Esto último lo añadió para tranquilizar a Wilhelm Blünzli, que se miraba la barriga con preocupación.

Se desearon unos a otros un feliz día de reposo y se fueron al ataúd.

Franziska y Sigfrido se querían quedar un rato más en la terraza para disfrutar juntos de la salida del sol. Al menos eso fue lo que dijeron.

Poco antes del amanecer reinaba en la taberna de la posada un desánimo general. Todo el mundo estaba sentado en silencio lamiéndose sus heridas.

El maestro no estaba sentado, porque su trasero, que la cocinera del cura había molido a palos, no se lo permitía. Tampoco podía lamerse su parte lastimada. Cansado se apoyaba en la barra y lloraba la pérdida de su compás de pizarra.

El sepulturero tenía la nariz como un tomate. Se juraba hacer pagar con la misma moneda a aquel que se había atrevido a dejarlo así. Al maestro le decía:

—A propósito, tu opinión de que los vampiros tienen el corazón donde nosotros el hígado no es cierta. He apuntado a un vampiro en el hígado y me ha dicho que lo dejara estar que ya le habían operado de apendicitis.

—Es posible —respondió bostezando el maestro— que tengan el apéndice donde nosotros el hígado; entonces tendrían que tener el hígado donde nosotros el corazón y el corazón donde nosotros tenemos el apéndice. ¡Pero la verdad es que me importa un bledo!

—¡Y a mí también! —corroboró el sepulturero—. Yo no pienso volver a participar nunca más en semejante tontería.

Miraba enojado hacia la cocinera mientras se curaba la nariz con aguardiente de ciruelas.

La cocinera del cura se sentía miserable. Sin contar el agujero del dedo gordo del pie (del compás del maestro), había salido ilesa del combate. Su pesar era de ánimo: la deshonra de haber perdido una batalla y haber perdido la oportunidad de vencer, de una vez por todas, al Mal pesaba sobre su conciencia como una losa. Pero lo que más le dolía era la pérdida de la sartén.

La puerta de la taberna se abrió con un golpe seco. En el umbral estaba el gendarme con las piernas separadas como si fuera el ángel vengador. Estaba en paños menores, a su camisa le faltaba el cuello y estaba cubierto de algas verdes, pero habló con autoridad y oficio:

—Voy a poneros una denuncia a todos: por incitar a la rebelión; por amotinamiento prohibido; por provocación al saqueo y tomaros la justicia por vuestra mano; por coacción y secuestro de un funcionario; por agravio a una persona pública; por resistencia a las fuerzas del Estado; y lo peor de todo, por destrozar el uniforme oficial de un defensor de la justicia de Transilvania en servicio.

El defensor de la justicia tomó aire e hizo retumbar la sala con un «¡Estáis todos detenidos!».

Después de un largo debate, un menú y una jarra de cerveza gratis pudieron tranquilizarlo y convencerlo para que retirase la denuncia. Además se le prometió organizar una recolecta popular para comprarle un uniforme nuevo. Uno mucho más bonito. Con los botones dorados y un cuello extrafuerte.

Pero tuvieron que esperar a la segunda jarra para que al gendarme se le ablandara el corazón oficial y les dijera que, por esta vez, haría una excepción y haría la vista gorda.

El tabernero se frotaba las manos. Había

perdido la punta de la nariz en el combate, pero qué significaba comparado con la ventaja de no tener que soportar, como mínimo, durante los tres próximos años, ninguna pelea en la taberna. Esta sangrienta aventura los había dejado servidos. La única gota de amargura era haber perdido a su mejor cliente.

Willi el Borracho estaba sentado delante de un vaso de leche. Willi había sufrido una transformación. Todas las vivencias espantosas de la noche anterior habían sido tomadas como visiones de horror provocadas por su cerebro alcohólico. Era el último estado de un bebedor, el delírium trémens, la locura del borracho. A unos les da por los ratones blancos; a él en cambio, por los vampiros sangrientos. ¡Sanseacabó, no volvería a probar ni una gota más! Además, le pareció que la leche le iba muy bien para el hipo.

Poco antes del amanecer, en la malvada banda de Mordedor reinaba un desánimo general. Sólo habían quedado dos miembros. Al resto se los había llevado el viento.

Wanja el Ogro y el iroqués estaban sentados bajo un haya y se lamían las heridas. Wanja había perdido la mitad de su cola y al iroqués le faltaba una oreja. «¡Esa bruja de Vampana!», pensó. De su abundante pelo color verde sólo quedaba un par de ridículos mechones. Su cráneo parecía un campo por el que hubiera pasado un parvulario recogiendo flores.

—¡Por todos los vampiros, estoy harto! —renegó el iroqués.

Tras un largo silencio, Wanja también explotó:

—¡Por todos los vampiros y todas las

mordidas! ¡Yo también estoy hasta las narices!

Profundo silencio. Entonces el iroqués añadió:

—¡Por todos los vampiros y todas las mordidas y todas las sorbidas! ¡No me hubiera imaginado nunca que Mordedor nos iba a dejar en la estacada!

Pausa. Entonces Wanja:

—¡Uno no se puede fiar de esos vampiros de media sangre!

Después de un rato, el iroqués:

—Eso de hacer las cosas a medias no es buen asunto. ¡Ya lo decía mi mamá!

Silencio pensativo. Entonces otra vez el iroqués, algo avergonzado:

—Me voy a casa. Con mi mamá. Me tomaré un baño caliente de sangre y me comeré un par de jugosos filetes de murciélago. Mi mamá los hace mejor que nadie.

Dicho y hecho. Con un *«ciao»* desapareció en el amanecer.

Wanja suspiró y apoyó su hocico en las patas delanteras. Se sentía muy solo. Y realmente lo estaba. No tenía una mamá con filetes jugosos. La banda de Mordedor había sido su familia. Y ésta ya no existía...

¡Oh, fue una época hermosamente tremenda! Esas salvajes cacerías de personas a la luz de la luna plateada. Los atronadores truenos y las cascadas de relámpagos en las noches de verano bochornosas. Las heladas y las tempestades de nieve en el invierno. El sentir a cada momento la picazón del peligro en el cogote. Siempre vagando, persiguiendo, cazando. ¡Sin parar, sin parar! Los latigazos y las órdenes cortantes del *boss*. El galope de los caballos, el aleteo de las alas de murciélago, los insultos, el alboroto de los vampiros, los agudos gritos de ayuda de las asustadas víctimas bípedas. Las succiones escandalosas y los gritos salvajes durante las orgías nocturnas.

¡Oh, cuántas borracheras de sangre habían pasado juntos! ¡Se acabó, se acabó...!

De repente, Wanja se acordó de Walpurga. ¡Walpurga, la ogra de los tiernos ojos amarillos y la fantástica dentadura blanca!

Wanja se levantó y olfateó al viento. Y empezó a trotar. Bajito silbaba una canción:

—*Oh Walpurga, don't cry for me...*

Por cierto, desafinaba bastante.

El sol estaba saliendo rojo como la sangre. El cochero se despertó con un fresco «¡Hopalá!» Y se quedó despierto. Un poco extrañado se descolgó del perchero, se restregó los ojos, todavía algo dormido, bostezó y se desperezó. Después en la gran sala vacía soltó un «¡Hola!». Pasados veinte minutos le respondió el eco con un «¡...ooola! ¡...laaaaa! ¡...laaaa! ¡...aaa! ¡...!». Entonces el cochero se encogió de hombros y murmuró algo así como que la gente burguesa era realmente muy dormilona. Después salió al patio del castillo y se sentó al sol.

Aquella noche el cochero no había dormido bien. Había tenido demasiados sueños confusos. Pesadillas con truenos y relámpagos, con murciélagos y seres con colmillos largos y ajos bañados en sangre. Estacas afiladas, grandes alas de murciélago, dentaduras saltarinas, enanos con un solo diente y gigantes cojos. Campesinos embravecidos y manadas de bestias horripilantes habían luchado entre ellos. Ataúdes que se abrían y un esqueleto achacoso trepando por una torre. ¡Semejantes tonterías juntas no las había soñado nunca en su rica vida onírica!

El sol calentaba. Reinaba un silencio maravilloso. El cochero decidió echar una siestecita hasta que los viajeros estuvieran listos para partir.

Y así fue cómo no pudo oír que en algún lugar de las interminables profundidades, amplitudes y altitudes del Castillo Colmillos empezó a sonar suavemente un órgano…